Nordland

Nordland

Lieder und Gedichte aus Lappland
Gesammelt, übersetzt und
eingeleitet von H. U. Schwaar
Mit Zeichnungen von
Nils-Aslak Valkeapää

Im Waldgut

Umschlagbild
Aquarell von Maylis Skaltje,
Samin aus Kiruna

Bleisatz, Buchdruck und Einband
von der Offizin Andersen Nexö
Leipzig GmbH

ISBN 3 7294 0074 6

Verlag im Waldgut, Industriestraße 21
CH-8500 Frauenfeld

Inhalt

Einleitung
Land und Leute in der europäischen Arktis

In den letzten Jahren entdeckte Felszeichnungen deuten darauf hin, daß Rentierjäger bereits vor zehntausend Jahren große Teile Skandinaviens besiedelten. Diese – früher abschätzig Lappen, heute Samen genannt – wurden wie die Indianer in Nordamerika im Laufe der letzten Jahrhunderte immer mehr in die unwirtlichsten Gebiete des Hohen Nordens abgedrängt. Da sie sich, in Sippen lebend, politisch nie organisierten, als Nomaden den Begriff «Landbesitz» nicht kannten, wurden sie übergangen, als ihre Lebensräume Norwegen, Schweden, Finnland und Rußland einverleibt wurden.

Über ihre eigentliche Heimat herrscht Unklarheit. Immerhin deuten verschiedene Anzeichen auf einen mongolisch-arktischen Ursprung. Im Aussehen, in ihrer Lebensweise und Denkart lassen sich mehr Ähnlichkeiten mit nordsibirischen Volksstämmen, mit den Eskimos sowie den Indianern feststellen als mit den skandinavischen Völkern, mit denen sie sich in den letzten Jahrhunderten gelegentlich vermischten. Ihre Sprache ist eigenständig; man ordnet sie heute dem finnisch-ugrischen Sprachkreis zu.

Die völlige Integration der Samen gelang nie ganz, auch wenn heute einige Autostraßen deren Lebensraum durchqueren. Abgesehen von einigen Marktorten wie Kautokeino, Karasjok, Karigasniemi, Inari, Karesuando und Enontekiö leben die meisten von ihnen in der Abgeschiedenheit der Wälder und Tundren, hausen und zelten an Fjorden, Flüssen und einsamen Bergseen. Sie leben von dem, was ihnen die karge Natur bietet: von der Rentierzucht, Fischerei, Jagd und einige von kümmerlichem Ackerbau.

Während die meisten Bergsamen noch heute dem Zug ihrer Rentiere folgen – im Sommer nach Norden, im Winter nach Süden – wechseln die Wald- und Flußsamen nur noch zeitweilig während der Sommermonate ihren Wohnsitz. Die Fischersamen dagegen sind bereits vor ein paar Jahrhunderten an den Fjorden Norwegens seßhaft geworden.

Durch Einwanderung versuchen die Skandinavier, Lappland zu kolonisieren und in den letzten Jahren als «letzte Wildnis Europas» für den Tourismus und die Industrie zu erschließen. Sie stoßen dabei auf immer stärkeren Widerstand. Der Bau von Autostraßen und Kraftwerken schränkt den Lebensraum der Rentiere und der Fische ein und bedroht damit die Lebensgewohnheiten und die ohnehin schon dürftige Lebensgrundlage der Bevölkerung. Zusammen mit den Indianern und Eskimos suchen die Samen an den Kongressen für die Urbevölkerung nach Wegen, die Existenz ihres Volkes zu sichern. Dabei betrachten sie die Pflege ihrer Muttersprache und ihrer eigenständigen Kultur als das gegenwärtig wichtigste Mittel im Kampf ums Überleben.

Die finnische Provinz ‹Lappland› umfaßt ein Gebiet von 100000 km^2 und wird von rund 200000 Menschen bewohnt. Mehr als die Hälfte davon leben in den südlich gelegenen Städten: Rovaniemi, Kemi, Tornio und Kemijärvi. Die Samen bewohnen nur den nördlichsten Teil von finnisch Lappland. Zu ihnen zählen sich heute noch ungefähr fünftausend Menschen. Doch gilt zu berücksichtigen, daß die meisten Bewohner des mittleren und nördlichen Lappland samische Ahnen haben, denn die aus dem Süden zugezogenen finnischen Kolonisten heirateten meist samische Mädchen, ließen sich oft an deren Wohnstätten nieder, während sich die Rentiersamen in nördlichere Gefilde verzogen. Heute bekennt sich zu den Samen meistens nur, wer Eltern oder Großeltern hatte, die noch samisch sprachen und wer zudem als Rentierhirte, Jäger oder Fischer sein Leben fristet.

Ähnlich verhält es sich im übrigen Skandinavien; in Norwegen wohnen heute ungefähr 45000 Samen, in Schweden 17000, auf der russischen Halbinsel Kola leben etwa 2000 samische Rentierhirten. (Diese Zahlen stammen aus der von ‹Pohjoismainen kieli – ja tiedotus Helsinki› 1991 verfaßten Broschüre: ‹Sápmi, Saamenmaa, Sameland›.)

I Die Dichtung der Samen

1. Die Kultur der Samen

Im Mittelpunkt samischen Denkens steht immer die Natur. Dabei teilen die Samen die Meinung der Indianer: «Wir haben die Erde nicht erschaffen. Sie war schon da, als ich gekommen bin. Also kann ich sie weder besitzen noch verkaufen.» Ihre Einstellung zur Natur widerspricht der biblischen Aufforderung «Macht euch die Erde untertan!»

Die Samen fühlen sich sowohl als Diener wie als Teil der Natur. Sie bezeichnen die Natur als ihre Mutter. Ihr tun sie nichts zuleide. Das ganze Leben richten sie auf sie aus. In der samischen Kultur hängt jedes Ding mit dem Leben zusammen und ist deshalb ein Stück Natur. Rentierhüten beispielsweise bedeutet für sie nicht Arbeit, sondern ein ihnen zufallender Teil Natur. Europäische Begriffe wie Landbesitz, Nützlichkeit, Produktion, Rendite, Freizeit und Beschäftigung sind ihnen fremd.

Samische Lebenswerte

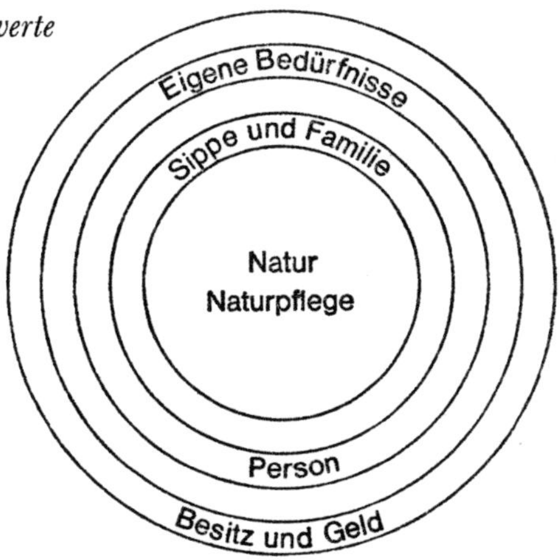

Die Begriffe ‹Besitz und Geld› drangen erst in jüngster Zeit in die Kultur der Samen ein und sind zur Zeit noch von nebensächlicher Bedeutung.

Das Überleben im strengen arktischen, neun Monate dauernden Winter ist nicht selbstverständlich und für sich schon eine Art Kunst; die Samen empfinden darüber Freude und Dankbarkeit. Deshalb erleben sie das Wiedererwachen der Natur im Frühling viel stärker als wir. Alles was sie tun, kreist um das Leben selbst, ist folglich auch Kunst und wird wie sie getan, obgleich man nichts als Kunst bezeichnet. Wenn der Same näht und schnitzt, geht es ihm nicht um Kunst; die entstandenen Dinge decken seine Bedürfnisse und sind von natürlicher Schönheit. Weil Samen so nah der Natur leben, ist ihre Empfindsamkeit gegenüber dem Natürlichen, dem Schönen besonders stark. Dies wird in vielen alltäglichen Dingen sichtbar: in den farbenfrohen, mit selbstgewobenen Bändern geschmückten Kleidern, in den ausgewogenen Formen ihrer Gebrauchsgegenstände (den aus Birkenholz geschnitzten Tassen, Löffeln, Schalen, den Schlitten), ihren verzierten Messergriffen oder Gürteln. Das Leben in der Natur und der Umgang mit naturhafter Schönheit stimmt den Samen glücklich; er fühlt sich reich, obwohl er die Begriffe Kunst und Besitz nicht kennt.

Die Persönlichkeit des Naturmenschen wird von andern Werten geprägt als die des europäischen Kulturmenschen. Die Handlungen werden bestimmt durch Stimmungen, Einfälle, während diejenigen des sogenannt «Gebildeten» Überlegungen, Planungen und Programmen entspringen. Der Umgang mit dem Unter- und dem Überbewußten fällt dem Naturmenschen leichter als dem Wissenschaftler. Er lebt mit Geheimnissen, die das Weltbild des Intellektuellen stören und diesem häufig Angst verursachen. Dem Diener der Natur ist das Selbstbewußtsein klein gegenüber dem Wissenden (homo sapiens), dessen Denken von der Logik geprägt ist und zum Computerdenken von heute führte.

2. Der Joik

Der Joik ist ein nur den Samen eigenes, Jahrtausende altes Kulturgut und gilt bei den Musikwissenschaftlern als eine der ältesten Formen von Volksmusik, die heute noch bestehen. Daß die Saamen der Melodie *Vuolle*, das heißt *Eid*, und dem Text *Blot*, das heißt *Opfer*, sagen, deutet darauf hin, daß der Joik ursprünglich stark religiösen Charakter hatte. Der *Noaide* (Schamane) trommelte, sang und tanzte sich in Ekstase und Ohnmacht. In diesem Zustand fand er Zugang in eine überirdische Geisterwelt und erhielt unter anderem von den Seelen Verstorbener Ratschläge. Das Bedürfnis nach Ekstase, in der die Seele leibliche Fesseln zu sprengen vermag und gleichsam Flügel erhält, scheint mir bei den Samen auch heute noch stark vorhanden zu sein. So können ihre Gottesdienste oft Formen mystischer Verzückung annehmen. Andere finden die Ekstase nach dem Genuß von Alkohol. Der Same sucht in diesem weniger den kulinarischen Genuß als vielmehr ganz bewußt den Rausch, die Möglichkeit, außer sich zu sein, für Stunden in einer andern Welt leben zu können. Diesem Wunsch entspringt auch das Singen eines Joik. Der Sänger – sofern er nicht seinen eigenen, persönlichen Joik singt – tritt außer sich und identifiziert sich mit Gestalten aus seiner Umwelt: Freunden, Bekannten, aber auch mit Tieren, Bäumen, Bergen, Seen, dem Wind und *joikt sie*. Dabei singt er nicht über sie, sondern fühlt sich selbst in ihrer Haut und singt wie sie. Damit erweitert er nicht nur, sondern er stärkt sein Bewußtsein. Er versucht, tiefe, nicht in Worte zu fassende, seelische Erlebnisse in die Tonsprache umzusetzen und steht damit am Ursprung aller Musik.

Die frühere Verbundenheit des Joik mit dem Schamanentum war wohl der Grund, daß die christlichen Missionare das Joiken verboten. Trotzdem ließ es sich nie ganz ausrotten und erlebte in den letzten Jahren eine starke Neubelebung. Der Joik weist heute eine reiche Vielfalt von Formen auf.

Formen des Joik

Der Personenjoik
Fast jeder Same besitzt einen persönlichen Joik, den meistens ein anderer über ihn machte, indem jener versuchte, der Eigenart im Gang, Gespräch und sonstigem Verhalten des Besungenen musikalischen Ausdruck zu verleihen. Gelingt es ihm, und ist der Besungene eine bekannte «Persönlichkeit», bleibt der Joik haften. So gleicht die Sammlung von Joik einem Fotoalbum, in dem die Erinnerung an Menschen wachgehalten werden. Der Same Anderes Ande sagt: «Selbst wenn du nichts Besonderes bist oder getan hast hier auf Erden, so bist du doch etwas Besonderes. Mir scheint, daß ein Joik fast das Wichtigste ist, was ein Mensch besitzen kann.»

Der Joik über Landschaften
Der Sänger identifiziert sich mit nichtmenschlichen Erscheinungen seiner Umwelt; dieser Joik hat mehr oder weniger lyrischen Charakter.

Der Stimmungsjoik
gibt der momentanen Naturstimmung meist ohne Worte Ausdruck; er kann Zwiesprache mit der Natur sein und ist ausgesprochen lyrisch. Ein Vergleich – allerdings nicht, was die musikalische Form betrifft – mit dem Naturjodel in den Alpenländern drängt sich hier auf.

Der Joik über Tiere
hatte früher häufig magischen Charakter. Der Sänger joikte nicht nur das Tier, sondern versuchte beispielsweise auch, den Wolf von der Herde fernzuhalten oder den Bären aus seiner Höhle zu locken.

Der Protestjoik
ist die neuste Form des Joik. Wie ein Rockstar singt Mari Boine Persen heute ihre Joiks und gibt darin ihren Angstgefüh-

len vor drohenden Gefahren Ausdruck. Andere wehren sich gegen Unrecht, gegen den Bau von Kraftwerken, gegen den Tourismus oder das westeuropäische Denken.

Über die musikalische Form des Joik

Die Samen bringen ihre Gefühle von tiefster Trauer bis zu überbordendem Jubel in ihren Gesang. Der Reichtum des Joik liegt in seinen Feinheiten, im Wechsel des Rhythmus und der Tonhöhen. Mit der Stimmung steigt die Tonhöhe langsam, bis die höchstmögliche Höhe erreicht ist – und der Joik dann unvermittelt abbricht oder wieder zu tieferen Tonfolgen zurückkehrt.

Das Motiv der Grundmelodie wird bis zu dreißig Mal abgeändert, indem der Sänger immer neue Wendungen und Verzierungen erfindet. Überraschend ist die Feststellung, daß sich diese Form in der englischen Barockmusik wiederfindet, und zwar in den ‹Divisions on a ground›, nur daß bei den Samen alles improvisiert, inspiriert von der Natur ist. Menschen, die ohne Sachzwänge und geschriebene Gesetze leben, verfügen auch frei über ihre künstlerischen Ausdrucksmittel.

Typisch für den Joik sind Andeutungen in versteckten Silben, die für Außenstehende kaum bemerkbar, geschweige denn zu deuten sind. Der Same I.-M. Syväjärvi sagte mir einst: «Beim Joik fühle ich alles mit und weiß jede Wendung zu deuten, aber es ist mir unmöglich, dies in Worte zu fassen.» Und Nils-Aslak Valkeapää ergänzte: «Gewisse Dinge muß man nur spüren, nicht verstehen. Der Inhalt des Joiks ist nicht wichtig. Wichtig ist, daß man diese Seelenwanderung der Samen in ein Tier oder einen Berg innerlich miterlebt.» Der Joik ist etwas so spezifisch Samisches, daß es mit dem Denkmuster einer andern Kultur nicht erschöpfend zu erfassen ist.

Der Joik kann ein- oder zweistimmig gesungen werden, wobei die zweite Stimme ähnlich wie bei einem Kanon etwas verspätet einsetzt oder nicht alle Verzierungen mitmacht. Das Singen im Gleichklang erfordert ein ausgeprägtes Anpassungsvermögen, da der Joik mit seinen Feinheiten ja mehr oder weniger auf Improvisation beruht.

Seit Nils-Aslak Valkeapää wird der Joik auch zu Instrumenten (Gitarre, Yamaha-Orgel, Jazzinstrumenten) gesungen, doch gilt bei den Samen bloß der nur *gesungene Joik* als authentisch.

Der Joik kann mit oder ohne Worte gesungen werden, wobei die Worte meistens nur eine einfache, aber wesentliche Aussage bilden, die oft wiederholt wird. Einzig bei den Ostsamen (Inari und Kolta) nimmt der Joik manchmal stark erzählenden Charakter an.

Der Joik steht dem Gesang der Eskimo, gewisser Indianer und nordsibirischer Volksstämme näher als einer Musik in Europa.

Was der Joik den Samen bedeutet

Die Samin *Louise Bäckman* (Schweden) über die Terminologie des Joik: «Es scheint mir ein großes Unrecht gegen ein Volk zu sein, wenn man wesentliche Elemente seiner Religion (wie den Joik) als ‹Volksglaube›, oder noch schlimmer als ‹Zauberei›, abtut. Das Wort ‹Zauberei› im Zusammenhang mit der früheren samischen Religion zog sich wie ein roter Faden durch alle Beschreibungen von der Zeit der Sage bis in unsere Tage. Die von den Quellschriften des 17. und 18. Jahrhunderts übernommenen Bezeichnungen ‹Zaubertrommel› und ‹Zauberer› (für Noaide) führte zur Annahme einer abwertenden Haltung gegenüber der Religion der Samen.»

Ánte Mihkkala aus Karasjok beschreibt den Joik so:

■ ■ Joik

Joik ist wie die Morgensonne
Er weckt. Er gibt dir Auftrieb

Er belebt. Er inspiriert
Er gibt dir Mut, das tägliche Leben zu meistern
Er hilft dir die Zusammenhänge
und den Reichtum in der Natur
und im Leben der Menschen zu sehen.

Der Joik gehört zum samischen Volk
Er ist wie die zweite Natur eines Menschen
Er ist köstlich. Er ist fein
Er bringt eine (andere) Wirklichkeit
Er ist sehr wertvoll
Ein Joik ehrt. Er kräftigt das Selbstbewußtsein
Er schafft Verständnis
für Bindungen und Verbindungen im Leben.

Joik kommt mit dem Wind
Er ist überall in der Luft
Er kennt keine Landesgrenzen
Er überquert sie ungehindert
Er hält an, wo er gutes Weideland findet
Und dann reist er weiter
Die Frage für uns ist nur:
Haben wir genug Ruhe und Geduld
um fähig zu sein
unsern eigenen Platz in der Natur zu sehen
unsern Platz auf unserm Planeten.

Wenn du guten Muts und froh bist
wenn du dich sicher fühlst
und Freude die Luft erfüllt
dann kann plötzlich ein neuer Joik entstehen
Er macht glücklich, er belebt und erhebt
Es kann ein Joik für mich oder für dich sein
Wenn du fähig bist einen Menschen zu joiken
mich oder ihn
dann kommst du ihm sehr sehr nahe.

Nils-Aslak Valkepää, der durch Konzerte bestrebt ist, diese samische Kunst auch andern Völkern zugänglich zu machen, schreibt über den Joik unter anderem:

«Die Volksmusik der Samen ist unser Joik. Er kann etwas ganz Intimes sein, eine Mitteilung, ein Protest oder ein Miteinstimmen. Liebe oder Haß. Meistens singt man von Personen. Man singt sie, nicht über sie. Worte sind nicht nötig, können aber gebraucht werden. Ein Joik hat weder Anfang noch Ende, er wird – und *ist* einfach. Sein Reichtum liegt in den Feinheiten. In Einzelheiten seiner Ausführung.

Der Rhythmus kann ändern.
Oder nicht.
Die Tonhöhe kann ändern.

Ein Joik lebt im Blut. Er kommt aus dem Herzen.
Er ist zwanglos, er ist Freiheit.
Die Volksmusik der Samen.
Der Joik lebt. Noch immer.
Entwicklung und Fortpflanzung sind Teile des Lebens.
Ein Volk entwickelt sich wie sein eigenes Land.
Und stirbt nach gewisser Zeit und muß sterben.
Die Zeiten ändern und auch unsere Art zu leben.
Es ist, als ob der Joik auch sein eigenes Schneefahrzeug entwickelt hätte. Verheiratet. Fortgepflanzt.
Das erste illegitim geborene Kind erschien vielleicht beim Aufkommen der Instrumente. Oder vielleicht nicht das erste.
Das Volk nennt das neue Kind ‹der moderne Joik›.
Der Joik lebt. Noch immer.
Neue Lieder werden geboren.
Weil Fortpflanzung ein Teil des Lebens ist.
Entwicklung und Tod.

Aber was nennt man Joik? Man sagt, daß die Bewohner südlicher Länder über ihre Gefühle singen. Aber die Samen bringen die ganze Last ihrer Gefühlswelt in ihren Joik. Vor allem andern ist der Joik eine gefühlvolle Art zu singen, die Kunst, mit rein stimmlichen Mitteln ihrer größten Trauer oder ekstatischer Freude Ausdruck zu bringen. Er ist voller Lyrik oder gänzlich ohne. Manchmal werden Andeutungen in versteckten Silben gegeben, eine typische Erscheinung im Joik. Aber immer hat der Joik eine Beziehung zum wirklichen Leben. Er kann ebensogut Freude über den bevorstehenden Umzug wie die Liebe zu einem bevorzugten Rentier sein.

Das Wichtigste des Joik indessen liegt in den ausdrucksstarken Schattierungen und Intonationen, erzeugt durch eine besondere Technik des Kehlkopfs. Ein herumziehendes, zwangloses Volk möchte auch frei sein in seiner Musik. Deshalb liebt der Sänger das Motiv der Grundmelodie zu variieren, erfindet neue Wendungen und Verzierungen desselben, improvisiert wie der beste Jazzmusiker.

Und mit dem Steigern der Stimmung steigt die Tonhöhe langsam, bis sie die höchste Höhe erreicht und des Sängers Mittel nicht mehr weiter reichen. Dann kann er wieder von vorne beginnen.»

Der Personenjoik

■ ■ Ailin-Jussi

Ailin Jussi,
armer Knabe,
hat nur einen Ochsen
und eine leere Truhe.

(Inarisamisch)

■ ■ Liström

Alter Liström,
zehn Sprachen hast du gelernt
und kannst auch
mit diesen zehn Sprachen
nicht zurecht kommen
hast dich selber umgebracht.

(Inarisamisch)

■ ■ Reichtum

Ich bin reich,
ai, jai, jai, jaa

Arme Teufel sollen sogar
meine Spuren fürchten.

ai, jai, jai, jaa,
ich bin doch reich.

(Tunturisamisch)

■■ Lavi-Jon-Piera

Die Maus nagte am weißen Rentierpelz,
der Wolf fraß das weiße Ren, das Brautgeschenk,
übrig blieb ihm nur der elende schwarze Ochse,
der immer sein eigen war.
Fuhr über Berge, über Täler,
fuhr über Meere, über Länder,
fuhr durch Finnland, durch Norwegen,
starb am Ende doch.

(Tunturisamisch)

■■ Hentin-Matti

Hentin-Matti war ein reicher Mann,
hatte achtzig Rentiere,
zwei Kühe, fünf Schafe,
hatte eine Katze, einen Hund,
anderthalb Schalen, anderthalb Tassen,
anderthalb Töpfe, anderthalb Kellen,
anderthalb Fäustlinge, anderthalb Paar Schuhe,
anderthalb Schlitten, anderthalb Speicher,
war Forstmeister,
getreuer Amtsrichter,
hatte auch eine nette Frau,
wohnte am Paadarjärvi,
lebt jetzt am Strand vom großen Inarisee.

(Inarisamisch)

■■ Tudda-Pieran Magga

Tudda-Pieran Magga nun-nuu,
leuchtet hell wie der Morgenstern.
Vieler Knaben Gedanken folgten
Magga beim Vorübergehn.
Wo Jahrmarkt war, dort war auch Magga,
Wo Magga war, dort war auch Jahrmarkt.
Wer mir meine Magga nimmt,
mit sieben Wassern soll er sich
Hände und Augen reinwaschen.
Wer mir meine Magga nimmt,
bekommt als Lohn eine Singer Nähmaschine
und von der obern Heuwiese
noch die Hälfte.

(Tunturisamisch)

Nils Hotti

■■ Der Same

So ist das Leben der Samen:
an den Füßen die Ski
um die Schultern das Lasso
und hinter ihm der Hund

Weithin zieht sich seine
Schneespur in der Nacht
und er rastet wenn er
Rentiermoos findet

Der Joik über Landschaften

■■ Seldutnjuona

Ja also, ja nun werde ich also joiken
diese Wälder und Seldutnjuona
das Land zwischen den Flüssen
die Wälder, in denen das Wasser fließt
und wo man die Kälber gruchzen hört.
Jetzt dürfen sie wohl für mich sein
aber auch die Generation nach mir
wird dort wandern ooooajaaaa

Joik eines 88jährigen
nach einer Übersetzung Katharina Hüsers

Mattias Kuoljok
■■ Ultevis

Noch joike ich Ultevis
joike ich Ultevis hohe Gipfel
und das Grunzen der Renkühe
und den Klang der Schellen
hört man gemeinsam mit meinem Joik
Mögen sie rufen die Renkühe auf Ultevis
Mögen die Geweihtragenden auf Ultevis
ihre Geweihe
an der Weidenrinde auf Ultevis schaben
Dort sind die Renkühe, die meine Vorväter
hinterlassen haben
Noch hört man die Stimmen der Kühe

und das Gruchzen der Kälber
im Land um die obersten Birken
auf Ultevis, velle, valle, vall

Mögen die Großhornigen auf Ultevis
das Land um die obersten Birken schmücken
auf Ultevis

17. Jahrhundert

■ ■ Taatsin Seita
(Heiliger Stein)

Taatsin seita! Ich bringe dir
Kupfergeld für
Wald- und Wasserbeute.
Wenn ich viel bekomme,
gebe ich dir montags in
der Dämmerung Kupferringe
und mittags ein Ochsengeweih,
um Rentierochsen zu bekommen.
Jenes Widdergehörn
der alten Waldfrau,
wenn es mir gut geht.
Aber wenn es mir schlecht geht,
sammle ich neue Wipfel
von Teerbaumkiefern,
verbrenne sie auf dem heiligen Platz
und ziehe an einen andern Ort.
Wenn ich viel bekomme,
gebe ich ihm zehn Rentierochsen,
gerade zur Brunstzeit;
vierjährige Rentiere
für Wasserbeute,
Biber und Bär,
wildes Ren und Fuchs,
Kreuzfuchs und Katze.
Und wenn ich alle diese bekomme,
opfere ich viele davon.
Silbergroschen für Wasserbeute,
und noch Füchse und Vielfraß,
dazu noch ein Drittel Kupfergeld.

(Tunturisamisch)

Joik über Tiere

■ ■ Loblied auf den Ochsen

Doch jetzt beginne ich zu joiken
über des Ochsen Art und Güte.

Inariochsen sind
wie Heusäcke.

Wenn der Schnee beginnt
über die Sohlen zu steigen,
nehmen die Leute Ski an die Füße.

Mit Koltochsen dagegen fährt man;
auch wenn der Schnee bis über die Knie steigt,
erst dann traben und rennen sie gut.

(Kolttasamisch)

■ ■ Joik vom Wolf

Voi, voi, voi.
la la laa,
lu lu luu,
huo, huo, huo,
so singt er,
wenn er satt ist.
Huoo, huoo, huoo,
vuooaa, vuooaa, vuooaa,
so singt er,

wenn er Rentiere frißt.
Und wenn er noch Zeit hat,
beginnt er zu heulen:
uuooaa, uuooaa, uuooaa.
Wenn er aufhört zu heulen,
trabt er in den Wald
und über baumlosen Sumpf.

(Tunturisamisch)

■■ Bärenlied

Wach doch auf, mein Bruder,
schon leuchtet der Tag auf den Bergen,
Schon rennen die Ameisen an den Baumstämmen,
Schon tönt der Vögel Gesang an mein Ohr.
Alte Frauen versorgen schon die Schleppnetze,
Alte Männer versorgen schon die Ahlen,
Kinder tollen schon herum mit Bogen.

(Tunturisamisch)

Olaus Sirma

■ ■ Kulnasadž, meine Rentierkuh

Kulnasadž, meine Rentierkuh,
wir wollen uns nun doch auf den Weg machen,
nach Osten, über den langen Sumpf,
und fröhliche Liebeslieder singen.
Hindere uns nicht noch, Kaikaberg,
auf Wiedersehn, du Kelusee.

Allerlei fällt mir ein,
wenn ich über den Kaikafjord fahre,
wate, meine Rentierkuh, wate besser,
so daß ich sie früher bekomme,
die mir die Schöpfung
mit Absicht zugedacht.

Wenn ich sie bald sehen würde,
meine Liebste, beeilte ich mich.
Kulnasadž, meine Rentierkuh,
schau, sieh ihre Augen!

Der Protestjoik

Aslak Guttorm

■ ■ Samensprache

Samensprache – Goldsprache
warum schläfst du?
Weshalb bist du so mutlos!
Verstumme nicht, Muttersprache!
Selbst wenn fremde Sprachen – fremde Gedanken
schon ein Grab für dich graben
selbst wenn du noch nicht aufgebrochen bist
zu voller Blüte
und die Knospe noch nicht aufgesprungen ist.

Paulus Utsi

■ ■ Samisch

Auch wenn die Erde
und der Mond vernichtet würden
leuchtet die Kohle wie ein Silberstern –
selbst wenn der Glaube ein Ende nähme,
befände sich eine samische Seele in voller Bewegung.
Solange das Feuer brennt
glühen auch noch die Naturkräfte.

3. Das Lied

Das samische Lied unterscheidet sich nicht wesentlich vom Joik. Der Autor holt etwas weiter aus oder erzählt eine Begebenheit. Der Inhalt hat mehr allgemeinen Charakter. Die meisten dieser liedhaften Joik stammen aus dem nordöstlichen Samenland.

■■ Der gute Geistliche

Der Pfarrer fährt mit seinem Pomp
dem Utsjoki entlang
dem Utsjoki entlang fährt
ein großer Geistlicher
mit schönem Ochsen
weißem Ochsen
mit Schellengeläut
schönem Schlitten
mit Glöcklein
und in kostbarem Gewand
ins Kirchspiel Inari
Kirchlichen Unterricht zu erteilen
Kirchlichen Unterricht zu erteilen, erteilen, erteilen.

Und erneut kommt er nach Utsjoki
und gibt viel Unterricht
den ganzen Winter durch
und seine Lehre ist gut.
Er möchte seine Leute
in Gottes Nähe führen.
Näher zu Gott bringen
möchte er seine Leute
seine Leute.

Und wenn niemand den Unterricht besucht
ist das ein schlechtes Zeichen:
«Was seid ihr für Taugenichtse
nicht ins Gotteshaus zu kommen
um des Herren Wort zu hören
des Herren Wort zu hören?
Wer seid ihr, daß
ihr nicht zur Unterweisung kommt
um Gottes Wort zu hören?»

Aber derjenige, der liest
der Gott fürchtet
christlich lebt
niemand ist besser als er
als er, als er:
denn er ist gut.

Im Sommer ist er allein
im Kirchspiel geblieben.
Nun sucht er Pflanzen
liest im Buche Nacht und Tag.
Manchmal geht er an den Utsjoki
um Weißfische zu fangen.
Gemüse hat er
Rüben und Gräser
und Gemüse ißt er.

Zimmer hat er schöne
saubere und warme.
Schöne und warme
möge Gott es gefallen
möge Gott es gefallen
daß er lange
daß lange
daß er lange
in unserem Lande bleibe!

Denn er ist gut
gut ist er
gut ist er
ist wirklich gut.
Wie die Samen
wie die Samen
ist er, ist er, ist er
wie die Samen ist er.

Wirklich groß ist er
wirklich groß ist er
und schwer zieht der Ochse
schwer hat der Ochse zu ziehen.
Aber er ist gnädig
denn er ist gut
gut zum Ochsen
gut zu den Leuten
die selber gut sind.

Ostsamisch
Unbekannter Dichter

Aku-Kimmo Ripatti
■■ Nordisches Volkslied

Ich schicke mich an zu erzählen, wie die Hausiererquelle
in Kurtti am Taivalkoski vor hundert oder dreihundert
Jahren zu ihrem Namen kam.
Zu jener Zeit
wanderten unsere Brüder, die Russen aus Karelien,
mit Säcken auf ihren Rücken
und verkauften allerlei Krimskrams.
Da geschah im offenen Sumpf ein scheußlicher Raubmord.
Ein karelischer Hausierer lief auf Ski,

auf dem Buckel einen großen Rucksack mit allerlei Waren,
und wußte nichts von der schrecklichen Gefahr,
in der er sich befand.
Der Reisende lief auf Ski und ahnte nicht den
Schicksalsschlag, der ihn bald treffen sollte.
Er wußte nicht, daß seine Tage abgezählt waren
wie Schafe, daß sein Lebensfaden innert kurzer Zeit
abreißen würde.
Noch in voller Manneskraft stehend, Lebensfreude
fühlend und Zukunftspläne schmiedend,
schritt ein feiner Mensch geräuschlos und gemächlich
der Grenze der Ewigkeit entgegen.
Als der Händler in der Wildnis sich im Gleichschritt
der Mitte des Sumpfes näherte, hielt sich
dort ein Bauer versteckt und schmiedete einen
bösen Plan, wie er dem armen, nichts ahnenden
Menschen, dem Händler, das wenige Geld rauben
könnte. So gering schätzte der mächtige, miese
Bauer in seiner Gier das Menschenleben,
das uns hier alles bedeutet.
Als der Händler die Mitte des düstern Sumpfes erreichte,
griff der Bauer an
blind
wie ein verletztes Raubtier
aus dem Versteck
schrecklich brüllend
und tötete
den Hausierer. Dann wischte sich
der Bauer das Blut von den Händen, rieb die
Finger an den Flechten der Tannen, schleppte
das unschuldige Opfer an den Rand der
Quelle in der Wildnis und warf den leblosen Körper
wie ein Aas in die Quelle,
in der kristallklares Wasser
sprudelnd
sich entfernte.

■■ Päiviö und Torakas

Es waren einmal zwei große Zauberer,
beide waren sehr berühmt.
Der eine war Päiviö,
der andere Torakas.
Torakas flog in der Luft
und führte aus unserer Gegend
wilde Rentiere ins östliche Land.
Päiviö verfolgte ihn
und raubte die Rentiere zurück,
und in so großen Mengen,
daß man die Spur immer noch sieht.
Dann flog Torakas ins Kittiläland
und führte die Rentiere wieder zurück.
Auf dem Rücken der letzten Rentierkuh
überquerte er den Kitisfluß.
Päiviö, der ihm folgte, sah es,
    warf ihn in den Fluß
und führte die Rentiere wieder zurück.
Seither ist im Kittiläland reichlich Wild
und in Sodankylä viel Vieh.

(Tunturisamisch)

Olaus Sirma

■■ Brautlied

Die Sonne soll den See erhellen – den Orajärvi
Wenn ich Tannenwipfel erklettern würde
und wüßte, daß ich den See sehen könnte – den Orajärvi,
das Tal, in dem er lebt,

so sollte ich alle diese Bäume fällen;
die hier schon wieder gewachsen sind.
Alle diese Bäume sollte ich wieder entästen;
die Grünes – gutes Grün tragen.

Ich verfolgte langsam dahin gleitende Wolken,
sie wanderten zum See – zum Orajärvi
Wenn ich dorthin fliegen könnte
mit Flügeln – Krähenflügeln.
Ich habe keine Flügel – Tauchentenflügel,
womit ich dorthin fliegen könnte.
Und habe nicht Füße – Entenfüße
und nicht Fußgelenke – schöne Fußgelenke,
um dorthin, zu dir zu eilen.

Du hast ja schon lange gewartet,
Deine herrlichsten Tage,
mit liebevollsten Augen,
mit wärmstem Herz.
Und wenn du weit flüchten würdest,
ich würde dich dennoch bald erreichen.

Was kann fester sein
als ein Strick – ein Bogenseil
und eiserne Fesseln? – Fesseln,
die fest zudrücken, sich um unsere Köpfe schlingen
und alle unsere Gedanken umbiegen.

Burschengemüt – Wirbelseele
junge Gedanken – weite Gedanken,
falls ich auf alles höre,
gehe ich den Weg – den falschen Weg.
Nur einen Weg will ich künftig nehmen,
weil ich hoffe,
daß das Bessere vor mir zu finden ist.

Nils Nilsson Hotti

■■ Geschichtsblatt

Der Deutsche kam als Herrscher nach Norwegen,
lollol, lollol, loo
überlegte dann, wie er von Skibotn aus
alles Land in Besitz nehmen könnte,
zuerst Finnland, dann Schweden,
machte in Helsinki mit und kam zurück.
Dann nahm er in Muonio den Leuten alle Kühe,
zog weiter hinauf und nahm alle Rentiere.
Die Samen blieben zurück mit leeren Händen.
Die Hunde schlug man tot.
Er fing an Holzschuhe zu machen;
Bastschuh am einen, Holzschuh am andern Fuß.
Die Männer hatten Holzreifen,
so vermißten sie die Ski nicht.
In der Gegend des alten Markkina fing er an die Finnen zu
fürchten.
Als die Finnen angriffen, verließ er Nunas,
und die Holzschuhe blieben.
Die Maultiere wanderten in den Kochtopf,
die Hälfte davon blieb den Raben, und dazu lachten Elstern.
Diesseits des Rasjahügels wurden die Häute trocken gelegt.
Dann fuhr er flußabwärts Norwegen zu,
konnte sich in Norwegens Bergen nicht halten.
Gab Norwegen auf, lollol, lollol, loo.

■■ Jelisei Iivanas Sohn

Jelisei Iivanas Sohn
prahlt mit seinen guten Ochsen, joo.

Als Westwind mit nassem Schneegestöber einsetzte,
machte sich Jelisei Iivanas Sohn auf,
Soolla Onteris Tochter zu holen.

Aber Schwiegersohn, Schwiegersohn, Schwiegersohn,
gehst du wohl zum rechten Wegweiser nach Kuoččentunturi?
Gehst du wohl zum rechten Wegweiser nach Kuoččentunturi?

Gehe ich wohl? – Ich gehe zum rechten
Wegweiser nach Kuoččentunturi.

Schwiegersohn, Schwiegersohn,
Du hast ja keine Ochsen,
sie sind durch die Türe von
Hohlovis Schenke gerannt.
Vielleicht bleibt dir noch Großvaters Ochse,
der hat einen Senkrücken wie ein Pferd
und einen schleppenden Schritt
wie unter einer schweren Last.

Der Schwiegersohn ging zum rechten
Wegweiser nach Kuoččentunturi
zu Soolla Onteris Tochter.

Soolla Onteris Tochter,
gehst du wohl zu Jelisei Iivanas Sohn
nach Pyhävaara, als treue Gehilfin,
als Goldkistenschlüsselverwalterin?

Gehe ich Mädchen wohl? – Ich gehe zu Jelisei Iivanas
Sohn,
als treue Gehilfin,
als Goldkistenschlüsselverwalterin,
in die hellerleuchtete Wohnstube
mit den acht Fenstern.

(Kolttasamisch)

■■ Urakka-Oskari

Wie ein Schwan, ein Schwan war er
wie ein wilder Gänserich, Gänserich und wie ein Schwan.
Voi-gas-te-voi. Wie ein zweijähriges Ren
war Urakka-Oskari treu, Urakka Oskari.
Voi-gas-te-voi-ee, ich Mädchen warte.
Urakka-Oskari ist nicht gekommen.
Sonderbares habe ich geträumt:
Wie schwarze Schwäne kamen geflogen,
wie weiße Gänse kamen geflogen,
wie heißen Brei ich gegessen,
und kümmerlich lebte wie eine Mücke.
Wenn Urakka-Oskari ertrunken ist
im Abrekfluß, im Strudel...
Warum bist du immer geschwommen?
Silberkreuz wie Sonnenschein,
Goldner Ring wie Mondesglanz.
Voi-ee-voi-ee gul la voi-ee-voi.
Dein Gewehr beginnt sich auf dem Grund des
Abrekflusses einzugraben wie ein Strunk,
und deine goldlockigen Haare strömen nun
über die Stromschnellen des Abrekflusses.
Voi-gas-te-voi-ee-voi-gul-voi-ee-voi.

(Kolttasamisch)

■■ Das Lied vom Lachs

Weit schwimmt der Lachs
auf dem Grunde der Gewässer.
Er ist ein schöner Fisch,
er ist ein starker Fisch,
nicht einmal der Strom
kann ihn hindern,
durch das ganze Land zu schwimmen.
So schwimmt er zurück
bis zu den Quellen,
dort wird er sehr schwarz
und so,
daß er nicht mehr frißt,
nicht einmal mehr in Not.
Dann kehrt er zurück,
wieder flußabwärts,
woher er kam,
von der Weite des Meeres,
wo es viele Lachse hat.
Dort wird er wiederum,
wie er früher war.
Wenn er in sein Meer zurückkommt,
und Heringe zu fressen bekommt,
wird er wieder fett.
Und ähnlich
wie er früher war.

(Tunturisamisch)

■■ Wiegenlied

So wiege ich,
wiege ich mein Kind,
daß es schlafen kann.

Weine nicht!
Sicher kommt der Vater
und bringt noch Vögel;
Die Kleinen darfst du essen,
kannst Vogelfleisch essen,
Fischaugen essen.

Weine nicht, mein Kind!
Sicher kommt der Vater,
ist noch nicht am Schnaps gestorben,
sicher kommt er bald,
habe keine Angst,
sicher kommt er bald,
ist noch nicht am Schnaps gestorben.

(Inarisamisch)

4. Die Lyrik

Die Anfänge samischer Lyrik liegen in Joiks wie beispielsweise ‹Mein warmes Herz› aus dem 17. Jahrhundert. Der erste Same jedoch, der lyrische Gedichte schrieb, war Pedar Jalvi (1888–1916) aus Utsjoki. Seither kann man von einer samischen Lyrik sprechen.

■■ Mein warmes Herz

Ich fahre vorwärts
und denke zurück,
weit hinten blieb
mein warmes Herz,
von meiner frühern Liebe
blieb nur ein Bild.
Der Weg führt mich auch
ans eisfreie Meer,
bis meine Reise zu Ende geht,
meine Tage sich vollenden.
Weit zurück blieb
mein warmes Herz.

(Tunturisamisch)

■ ■ In Trauer

Er zählte die Steine am Sula Strand
hin und zurück zählte er sie
als er hörte, daß die Liebste tot war.
Vor und zurück zählte er sie
eins, zwei und drei, drei, zwei und einer.

Übersetzung von Katharina Hüsers
Dichter unbekannt

Pedar Jalvi
■ ■ Schneeflocken

Lautlos durch die Lüfte schweben
kleine Flocken sacht zu Tale;
falln auf Steine, falln auf Birken,
bedecken Feld und Flur mit Weiß.

Und ist jede auch nur schmächtig,
zusammen sind es Millionen;
füllen Gräben, Täler, Bäume,
bilden Büsche aus den Sträuchern,
bauen Wälle hinter Steinen.

Und der Frühlingssonne Strahlen
schmelzen diese kleinen Flocken
um zu spiegelklaren Tropfen;
und aus Tropfen werden wieder
Quellen, Flüsse, Seen und Meere,
Groß wird dann die Macht der Kleinen.

Kirsti Paltto

■■ Erinnere dich

Erinnerst du dich, Lieber,
der Frühlingsfeuer am Teno?

Regen rauschte in den Bäumen,
Nacht umhüllte unsre Schritte,
Blätter dufteten,
Bergbirken sprengten ihre Knospen,
und in den Baumwipfeln
summte der Wind der Nacht Melodie.

Erinnerst du dich?
Unseres endlosen Pfades
bis in den Morgen.

Der Flechten Duft,
der Bergbäche Rauschen,
in das sich unsere ärmlichen
Menschenworte mischten.
Du strecktest deine Hand aus,
du kamst mir nah wie Wind,
stark wie Lapplands Lenze.
Du hobst ein Meer von weißen Lakkablumen
an meines Herzens Sumpf.

Aslak Guttorm

■■ Kaamosnacht

Nebel über dunklen Hügeln.
Im baumlosen Sumpf liegt finstre Nacht.
Die Birke streckt die Zweige in den Frost,
die Stimmen der Natur sind stumm.

Wie eine Brücke aus dem Nebel
steigt der weiße Gipfel zu den Sternen;
der Rentierhirte sieht ihn nachts als Feenschloß,
sinnt nach und fühlt sich wohl.

■■

Hier ruht
Waldarbeiter
Heikki Pyhäjärvi

† 19 $\frac{23}{3}$ 26
lang
mühsam und beschwerlich
war mein Leben
in der Welt.

Unbekannt

5. Nils-Aslak Valkeapää

ist der bedeutendste Lyriker der Samen. Als bekannter Joiksänger brachte er den Joik erstmals in Verbindung mit Musikinstrumenten. Zuerst sang er ihn zur Gitarre, dann komponierte er seine Lieder für Singstimme und verschiedene Jazzformationen. Mit ihnen zusammen gab er Konzerte in Skandinavien, Paris, Nordamerika, Deutschland und der Schweiz.

Valkeapää ist nicht nur Musiker und Dichter, sondern auch Kulturphilosoph, Fotograf und Maler. Seine vielseitigen Talente entwickelte er nach dem Besuch des Lehrerseminars im Selbststudium weiter. 1971 erschien sein Pamphlet: «Terveisiä lapista» (Grüße aus Lappland). Sein Einsatz für Sprache und Kultur der Samen fand auch bei den Behörden große Beachtung und trug zu einer Verbesserung der Situation der Samen in Finnland bei. Später gab er drei Gedichtsammlungen in samischer Sprache heraus, deren erste in diesem Buch als «Frühlingsnächte sind so licht» von mir aus dem Finnischen ins Deutsche übersetzt wurde.

1975 wählte ihn der Kongreß für Urbevölkerung in Kanada zu ihrem Kulturkoordinator. Heute ist er wieder freischaffender Künstler, dichtet, malt, musiziert und sucht gegenwärtig nach neuen Ausdrucksmöglichkeiten in der Musik unter Einbezug des Joik sowie elektronischer und bildnerischer Mittel. Von Valkeapääs lyrischem und musikalischem Schaffen gibt es verschiedene Platten. 1991 erhielt er den Großen Nordischen Literatur- und Kulturpreis.

In seinen Gedichten und Texten schwingt nicht nur die Stille und Weite der arktischen Landschaft sowie die Seele der heute noch freilebenden Rentierhirten; Valkeapää schlägt auch immer wieder zeitkritische Töne an.

■■ Sápmi, mein kleiner Vogel

Nicht einer weiß, woher es kommt,
aber eines Morgens kann der Schnee hart sein,
und im Gedächtnis tauchen
unsere Sommerweiden auf.
Nicht einer weiß, woher es kommt,
die alte Rentierkuh zieht, schnuppernd, Stück um Stück
nordwärts Richtung Sommerweiden.
Am Morgen schon beim Erwachen
fühlen wir den Ruf des Nordens
das Drängen des Blutes.

Und wir brechen auf.

In der blauen Nacht von Fjäll zu Fjäll
Schritt für Schritt
auf dem küstenlosen Meer der Fjälls
umgarnt von küstenlosen Winden
wandern wir
den Weg, den schon unsre Ahnen gingen.

In des Frühlings blendenden Strahlen
folgen wir unserm Gefühl und der Herde,
frohen Gemüts und leichten Schritts,
beflügelt vom flutenden Licht,
Richtung Sommer, Richtung Sonne.

So wandere ich über diese felsigen Fjälls
von des Frühlings langen Tagen bis zu des Herbstes
finstern Nächten,
mein Dach der große nördliche Himmel,
meine Lampe die Sterne, das Nordlicht und der Mond.
So wandere ich die windigen Wege der Herde nach
im Kreis
unter dem großen Himmel des Nordens.
Dieses eisigkalte Felsland wird mit immer lieber,

bis ich ein Teil von ihm werde,
ein kleiner Stein in der Menge des Gesteins,
das Echo eines Windes über dem küstenlosen Meer des Fjälls.

So wandere ich über diese steinigen Fjälls,
trage in meinem Herzen ein tiefes Gefühl,
das grelle Zwitschern eines zitternden Vogels.
Ich bin ein Teil dieser Fjälls in dieser Natur,
ein weißer Stein unter der großen Menge,
der Schrei eines Bussards im küstenlosen Meer der Fjälls
ein flüchtiger Wind im verwundbaren Norden.

Ich wandere über diese felsigen Fjälls,
in meinen Ohren läutet das Geschwätz der großen Welt;
wie sie Brot verteilt
zu Gunsten einer Handvoll Menschen,
zum Preis von Schmutz und Vergiftung,
Ausbeutung und Waffen.

So wandere ich
in meinem Herzen das grelle Zwitschern
eines zitternden Vogels
erstarrt in eisigen Winden
der zivilisierten Welt.

Ich wandere über
diese kahlen felsigen Fjälls.
Ich liebe
Sápmi
meinen kleinen Vogel.

So vergehen des Nordens langer Tage Nächte
gleiten vom Himmel hinunter zu Wochen, Jahren
das Zwitschern meiner Stimme wird dünner, klarer.
Wenn der Herbst seine Farben ausbreitet
läßt das Zwitschern der Vögel nach.

Tief
in meinem Herzen
liebe ich
Sápmi meinen kleinen Vogel.

Sápmi und seine Fjälls.
Eine bescheidene poetische Widmung für Sápmis Fjäll
und sein kleines Volk.
Für den Frühling.
Und für die Sonne.
Sápmi mein kleiner Vogel ist eine Reise zur Herde
vom frühen Frühling zum Sommer.
Eine Reise zur Herde, in Musik gesetzt
mit Bildern und Gedichten als Führung.
Sápmi mein kleiner Vogel ist eines Künstlers Dank
für seines Lebens Reise zur Herde und ihrem Volk.
Und besonders für diesen Teil der Samen,
die noch immer wandern, in den Fjälls leben
und dem Jahreslauf folgen und den Ren.

Sápmi: Sammelbegriff für Land, Leute und Kultur der Samen.

Gibt es ein geschriebenes Recht?
Ins Wasser geworfen, in die Luft geblasen!

■■ Aus einem Gipfelbuch

Ich bin ein Geschöpf des windigen Berges
ein Krüppel nur im Zwergbirkenhain,
bin biegsam geworden wie der Wind
und joike meinen Schmerz
joike meinen Kummer!

Ich bin ein Blaukehlchen im Gesträuch
bimmelnde Rentierglocke,
bin ein entfernter, sich verflüchtigender Ruf
Gesetze vergehen
wie der gestrige Tag

Meine Jahre: nur Tag und Nacht
des Frühlings Klarheit mein Pelz
und die Nordlichter am Himmel
der frostigen Polarnacht
mein Mantel

Auch wenn der eisige Herbstwind
Unheil verkündet
strahlt der Sonne goldene Brosche
im klaren Himmelsblau

Nicht nach Macht und Reichtum
ging mein Streben und Verlangen
Mein Reichtum sind
des Berges Flüstern
des Baches
silberner Lendengürtel

Ich bin des steinigen Berges Kind
ein Wanderer, geschaukelt vom Wind
Ich bin zersplittert
Das Leben gab mir
Schmerz
streichelte mich mit Schmerz

Ich sehe wie die Klugen
des allgemeinen Rechts
Stück um Stück von mir abnagen
mich fressen

Land, Luft und Wasser
verderben
vernichten

Ich bin des windigen Berges Kind
gebeugt vom Norden, ein Unglückseliger
ich bin scheu und flüchtig
ein kraftloser Wind
Ich joike stumm
betrachte nur

■ ■ Meine Sonne, goldener Strahl

Sonne

Ach Sonne
gerne sterbe ich
um eine neue Hülle
einen neuen Morgen
Neues
Frisches

auf meine Lippen
in mein Gemüt
zu bekommen

Meine Sonne
scheine, strahle
wecke eine neue Zukunft
säe Hoffnung als Samen
meine Sonne
goldener Strahl

■■

Als ich mich auf den Weg machte
erwachte die Weite einer Sehnsucht
brannten Gefühle

Ich ging
wenn ich dort sein könnte
wirklich, zeitlich, auf dem Platz

Ich ging
wenn ich dich erreichen könnte
wenn ich eintreten könnte
in den Dienst deines Willens
einen Platz erhielte
am Herd deines Herzens
an der Wärme des Feuers

■■ Alt geworden

Hattest du eine Kindheit
Nein:
Stirne in Falten, du darfst nicht, kannst nicht...
Nun gut, so komm
Herbst!

Hattest du eine Jugendzeit?
Nein
drückende Verantwortung
der Tod wartet...
Nun, soll wohl sein! Sei es
nehme er sie weg!

Aber meinen Tod hege ich
wartend, er wird Platz schaffen
Neues gebären lassen
Dann vielleicht
darf ich
meine Kindheit, meine Jugendzeit leben
atmen
darf mich freuen
mein eigenes Leben leben.

■■ September 1983

Gewidmet:
Soldaten
Unteroffizieren
Obersten
Generälen

1.
– «Geboren?»
– «Welche Frage! Ach Himmel, es
muß ein Irrtum sein!»
– «Ruhig dort!»

Nein, ich träume nicht, nein
wie schonungslos
ich bin geboren
Aber wohin und warum!
Meine Schwester, wo ist meiner Schwester Schoß
mein Bruder, was nahm ihn weg?
Eier, die man zerquetschte
Busen, die man plünderte
meine Mutter, die zerrissen wurde
Nein!!!

2.
Verirrt auf meinem Lebensweg
zweifle ich
ob morgen uns
Vergessen bringt
Träume ich
oder bin ich nur verwirrt
vielleicht
oder gerade deshalb
    hoffe ich auf Strahlen
    ersehne die Dämmerung
    suche das Licht
    der Sonne

■■ Frühling

Himmel
unbegrenzter Himmel
Erde, gesegnet
meine Mutter, die Erde
Sonne
mein Licht, Licht
ich stehe, schweige.

Warte.

■■ Ich lausche

Wir spazierten. Mein Freund, ein Musiker
erzählte, daß er aufhören will – so sagte er –
mit Üben, mit Feilen an seiner Technik.

Innehalten. Atem holen.
Betrachten. Zuhören.
Raum schaffen für sein Empfinden.

Will spielen tiefen Ton
der lange hallt
von dunklem Klang
Todesschwärze, Gefühl, Schmerz
oder Freude
Licht, Farbe
Himmelsweite. Glück. Klarheit
Demütig wartend, gehorchend.

Dieser Klang, er tönt ... tönt ...
er lebt ... demütig gehorchend.

■■ Feuer am Himmel

Als die Dämmerung eines Septemberabends anbrach
entzündete ich mein Feuer, und meinen Gast
– Flötenbauer und Flötenspieler –
setzte ich neben den Ofen

Mein Feuer, die Hoffnung Donars, brannte
flackerte matter,
als der nördliche Himmel und sein Licht
den vollen Mond anzündeten

Der Herbsthimmel entfachte die Sterne zu brennenden
Kohlen
auch die Nordlichter ließ er aufflammen
Mein Gast wandte seinen Blick
um die Himmelsfeuer anzustaunen.

Als Feuer am Himmel rasten
und kreuzten der Erde Grüße:
Waffen, Raketen, Satelliten
als Sternschuppen der kriegerischen Erde

Sie brannten am Himmel
der Saum der Nacht wiegte Perlen
Auch hier ein Flötenspieler
er spielte mit seinen Lichtern

■■ Frühlingsnächte sind so licht

Ich möchte so gerne sagen
daß ich an dich denke und deshalb schreibe

Und dazu noch
daß ich dich liebe

Obwohl du es vielleicht schon hörst
im Sausen des Windes

Im Dunkel erschien dein Umriß
an des Berges Flanken
Nachher wußte ich nicht mehr
war es dich
oder täuschten mich meine Augen

Viele Wochen habe ich
mit suchendem Blick gewartet
ob jemand käme

vergebens

Ich höre Regenpfeifer weinen

Abends singen Blaukehlchen
Es ist Frühling
Auch im Herzen schmilzt
etwas
Lächeln übernimmt mich, ich joike ungewollt

Dann und wann hört man einer Glocke Klang
Es ist Zeit zum Abendschlaf
Ein Hase hoppelt über den Sand

Frühlingsnächte so hell
so licht

Das einsame Herz sehnt sich
die Gedanken brennen

Leben entfachte Wachstum
Vögel singen
das Gras sprießt

Dennoch vermisse ich
deine Stimme zu hören

So weit das Auge reicht
unsere sanften Berge

Aber so viele Schritte zu dir zu kommen

Alter Hund ist müde

sogar im Schlaf bellt er Rentiere an
und umkreist sie

Ich weiß gut
daß man wahr und klug
sprechen sollte

Aber wer würde dann
der Blumen Wunder sehen

Willst du «Kultur»?

Vernahmst du wie man in Amerika
Hühnerküken totschlug
und sie wegwarf
damit Menschen besser leben konnten
– Menschen, die im Wohlstand leben
in dieser Welt wo dreihundert Millionen
Kinder hungern.

Und vernahmst du
daß Sturzbomber aus Versehen auf Kambodja fielen
Hast du die Namen gehört Tschechoslowakei
Ho Tsi Minh, Allende

Wounded Knee

Die Welt ist ja so gescheit
hundert Millionen andere hat der Mensch
totzuschlagen gelernt
in den letzten fünfzig Jahren.

Und vernahmst du
wie primitiv
die Kultur der Samen ist

Entschuldige falls
ich deine Träume störe

auch heute wurden in diesem Augenblick
wieder zehn Menschen geboren

Jawohl ich weiß
daß du den morgigen Tag erwartest
die schöne wundervolle Zukunft

Ich möchte sie dir auch nicht vorenthalten
Träume sind des Lebens
Reichtum

Tage gehen zur Neige, Monde und auch Jahre
Der Sinn des Lebens liegt immer noch
im Ungewissen

In der Dämmerung setze ich mich
ruhe und blicke in die Runde

Tage gehen zur Neige, Monde
und auch Jahre

Alter Lappe
jawohl ich verstehe wenn du sagst
das gehört nicht zur samischen Kultur
Ich ehre dein Alter, deinen Willen
und auch dich

Aber wohin hast du
selber deine Lederhosen gelegt
wo verlorst du
das Schnürband zum Einziehen

Und hast du gehört
wie Tante Elle sagt
der Same kann nichts dafür

Mache dir nicht Sorgen darüber
das mußte er nun fünfzig Jahre
lang lernen

Überlege dir lieber
wer ihn das lehrte

Ich weiß nicht warum ein Baum
größer ist
und ein Tag heller als der andere

Das Herz weint nur
Tag für Tag
über Menschen

Hat dir irgend jemand einmal erzählt
daß wir im Samenland wohnen

Gesagt
daß dieser ein Same ist
gab er auch zu
daß dieses Land unseres ist

und sprach er vielleicht auch
von primitiver Kultur
und naiven Leuten
und daß gesagt wird,
daß *sie* uns Kultur brachten

Freude, Freude
wie die Finger zittern

die verfluchte Provianttasche
verzögert die Reise

Freude, Freude
ich komme zu dir

Endlich Meer
so grün und so offen
Möwen kreischen und zanken

Erst wenn ich meine Füße
ins Wasser tauche

glaube ich
daß der Winter vorbei ist

Ich spaziere auf dem Landungssteg
spüre den Duft des Meeres

Wellen wogen stöhnend
drinnen sieht man Fische schwimmen

Der Sommer, der Sommer kommt

Wenn ich dann zu dir komme
weiß ich nicht mehr
was ich sagen soll
wohin die Hände legen

Der einsamen Nächte weite Gedanken
fliegen wie Möwen über Meere

Das Blut saust in den Ohren
der Schweiß quillt auf der Stirn

Ich habe nicht geglaubt
daß ich noch so sein könnte
wie ein Junge

und bevor ich beginnen will
es schon vorbei ist

Immer wieder komme ich
zum Meer
Auf dem sandigen Strand empfange ich
meine Liebe
und gute Gefühle

Frühsommernächte
sind voll wachsenden Klangs
sich verbreitenden Dufts

Nach dem Winter öffnest du dich für mich
Entfaltest deine Blätter

Und ich vermag nur zu staunen,
sitze und versuche zu glauben

daß es Sommer ist, die Sonne scheint
daß du bist, schaust und lächelst

Alter Hund liegt mitten auf dem Fußboden
und streckt sich

Ich liebe dich
Du bist wie das Meer

Ich schwimme im Wasser
tauche in dich

die Freude ist vollkommen
wie bei einer gefundenen Perle

Die Sommersonne scheint, brennt
vom offenen Meer weht warmer Wind

Ich liege auf dem Rasen
gebe mich dem Sonnenlicht

Und trinke Bier

Man bemerkte erst später
daß der Sommer gegangen war

Aber wann?

Obwohl man nach Ereignissen sucht
kann man nicht sagen
wann die Vögel aufhörten zu singen
wann der Sommer verging

Irgendeine Nacht
hinterläßt bereifte Pflanzen

Der Morgen weiß
vom Nachtfrost
Der Herbst schleppt Gedanken
und gießt sie heimlich ins Gemüt

Falls du dich nach Kummer sehnst
hast du die ganze Welt

Ich höre die Stromschnelle rauschen
den Wind brausen

Samenland ist groß, frei

Meine Seele jedoch fiebert

Der Wind stürmt über die Berge
der Herbst rüttelt an meinem Herzen
und reißt Blätter ab

Auf den abgekühlten Seen
schnattern noch Enten

Es tagt spät, spät
sammeln sich Vögel, verschwinden

In der Dunkelheit
fühle ich Einsamkeit
wische heimlich meine Tränen
um mich nicht schämen zu müssen

Gräser und Zwergbirken schauern
werden steif-gefrieren

Schwermut kommt über mich
obgleich ich versuche zu lügen

Herbst singt aus dem Eis
Nebel bedeckt den Frost

Aus dem Antlitz der Pflanzen treten Tränen

Die Seele so schweigsam
ein Eismeer von Gedanken

Der Rentierstier ist so mächtig
sein starkes Halshaar
sein mächtiges Geweih

In der Brunstzeit fühle ich
sonderbar starken Neid

Abgeschieden von den Dörfern
bimmeln Glocken
Schnee wirbelt hinterher
Hunde bellen

Das kalte frostige Wetter
wird von Geräuschen erfüllt

In der dunklen Nacht
in Zeltkleidern ein anderes Leben

Feuer brennt
rötet die Gesichter

Rauchfleisch zum essen
ich vergesse die Welt

In langen langen Nächten denke ich
an viele Sachen

Die Kräfte die Samenland unterdrücken
und das Leben

Elle Ravna Annes
ich höre sie weinen

So vergehen Tage, gehen Nächte
Bei mildem Wetter laufe ich im Mondschein
mit Skiern über die Berge
schaue zu wie am Himmel Wolken ziehn
sehe Berge erblassen
silbern schimmern
sehe den Pfad hinter mir verschwinden
Auf der Höhe sitze ich im Mondschein
lasse die Gedanken fliegen
Blicke schweifen in die Weite
auf dem Berg rauscht warmer Wind

Bisweilen erschüttert mich der wilde Krieg
der Menschen in der Welt
Mit verdüsterter Seele
sehe ich Völker
die Erde füllen und beides verzehren
die Nahrung und die Menschlichkeit

Lange finstre Nächte
entzünden Gedanken
und machen die Seele unruhig

In dieser Zeit kann man allerlei finden
und wer Augen hat zu sehen
braucht nicht einmal zu suchen

Nordlichter flackern
Eiskristalle glitzern
auf dem Berg zieht der Polarfuchs Spuren
und zum jungen Tag gehört
Schneehuhngelächter

Die Polarnacht lädt ein

Wenn die Zeit kommt
sehe ich mich Skilaufen
viel höher als es nötig wäre
und wie ich schließlich
die Bergspitzen rot anlaufen sehe
schäme ich mich nicht
noch weiter zu laufen
um die Sonne wieder sehen zu können.

In meinem Gemüt regt es sich
Das Tageslicht, das vor dem Zelt leuchtet
bricht sich und dringt durch die Löcher

Zierlicher Rauch schlängelt sich hinauf
und durch den Rauchfang sieht man
blauen, blauen Himmel

Blaurötlich frieren Sümpfe auf
und mit den Fingern kann man
den Saum des Lebens näher ziehen

Es ist schon so lange her
daß du mit mir gesprochen hast
ich streifte lange über die Berge
und meine Gedanken wandern weit weg von dir

Es ist schon lange her
und ich weiß nicht was ich tun sollte
in den Gedanken beginnen Zweifel zu brennen
wie ich sie zurückließ, falls und wenn...

Es ist schon so lange her
so lange Zeit
Woher weiß ich
daß du nicht
nur Lüge bist
Gedankenfieber?

So schön ist alles
daß ich mich fürchte
wieder zur bösen
Welt zu gehören

Frühling segnet den Tag
mit seinen Strahlen

Geschmolzenes Wasser blinkt silbern, goldig
Die Stromschnelle spielt mit dem Eis
Flöte

Die ersten Schwäne fliegen um
das schmelzende Eis bevor
sie sich niederlassen

Frühlingslichter brennen
Frühlingszeit
lichte Zeit
Frühlingsfeuer
Lichter brennen

warmes Gemüt
warmes Herz
entfacht warme Gedanken
Herzensgedanken
Warme Gedanken
Frühlingslichter
Frühlingsfeuer
Herzenswärme
Frühlingsfeuer

siehst du jetzt
spürst du jetzt
des Lebens Lichter
des Lebens Gefühle
der Sonne Joik
des Lebens Joik
Frühling wie Feuer
bricht aus und brennt

Frühling, Frühling
der Natur, des Herzens
lebendiges Feuer

Freude, Freude
Frühling im Herzen und Sonne
scheint, das Osterfest naht
und ich habe neuen weißen Rentierpelz

Freude, Freude
ich darf zu dir kommen.

II. Die Dichtung anderer Lapplandbewohner

1. Die Dichtung der Neusiedler

Neben der samischen gibt es die Dichtung Angehöriger anderer heute die Arktis besiedelnder Volksstämme. Die Verschiedenheit im Volkscharakter scheint sich mir besonders in der Lyrik widerzuspiegeln. Während die Samen – seit Jahrtausenden mit den harten Lebensbedingungen des Hohen Nordens vertraut – in ihren Versen frohen und dankbaren Gefühlen der Natur und dem Leben gegenüber Ausdruck geben, ist der Lyrik eingewanderter *Finnen* ein melancholischer, oft stark schwermütiger Grundton eigen. Der lange Winter, die sich über Monate hinziehende Dämmerung und die Einsamkeit in der Einöde machen den wortkargen, ernsten Neusiedlern aus dem Süden zu schaffen und äußert sich auffallend stark in ihrer Lyrik. Interessant in dieser Hinsicht ist das «Lappenlied» von Uuno Kailas, der sich aus tiefstem Pessimismus herausringt zur Lebenseinstellung der Samen: «Leben sei gelobt».

Neben den Finnen ließen sich nach dem letzten Weltkrieg auch zahlreiche aus dem Osten stammende *Karelier* im Nordland nieder. Sie sind lebhafter als die Finnen, geistig reg und beweglich. So fühlten sie sich schon nach kurzer Zeit heimisch und mit den Samen innerlich verbunden. Der gegenüber der finnischen Lyrik frischere, lebensbejahende Ton ist eindrücklich. Als Beispiele mögen die Gedichte meines langjährigen Freundes und Beraters Vilho Koljonen dienen.

Der bekannteste Dichter des Nordlandes ist der *Norweger Knut Hamsun* (1859–1952). Er verbrachte seine Jugendzeit 300 km nördlich des Polarkreises an der norwegischen Festlandküste gegenüber der Inselwelt der Lofoten. Verschiedene seiner berühmten Werke wie ‹Pan›, ‹Victoria›, ‹Segen der Erde›, die ‹August-Weltumsegler›-Romane u. a. spielen in dieser Gegend. Hamsun, der Nobelpreisträger von 1920, gilt als einer der größten Erzähler der Weltliteratur. Er ist sowohl Realist wie Phantast, voller Gespür für die Natur und die Tiefen der menschlichen Seele. Meistens schreibt er knapp und sachlich, hin und wieder jedoch lyrisch, beseelt von hymnischem Schwung, dann wiederum geißelt er mit verhaltenem oder beißendem Spott die Schwächen der damaligen Gesellschaft. Seine deutschfreundliche Haltung im letzten Weltkrieg brachte ihn am Ende seines Lebens in mehrjährige Untersuchungshaft und an den Rand finanziellen und gesellschaftlichen Ruins.

2. Lyrik von Lappland-Finnen

Eino Leino

■■ Lapplandsommer

In Lappland blüht alles schnell
Erde, Gras, Gerste und auch Krüppelbirken
Das alles stimmt mich schwermütig
wenn ich das Schicksal dieses Volkes betrachte.

Warum will uns alles Schöne sterben
trocknet Großes aus und verkümmert
Warum haben wir so viele Geisteskranke
warum so wenige, die noch Kantele spielen?

Warum fallen hier Männer
wie Heu – Männer, auf die man wirklich hoffte,
Große Männerideen, Männergefühle, alles vermodert,
zerbricht inmitten ihrer Arbeit.

Anderswo sprühen Greise Feuer
weht in alte Glut der Sonne Atem
Bei uns werden Säuglinge schon als Greise geboren
und der junge Mann ist reif schon für das Grab.

Und ich selber? Warum diese Gedanken?
Ein Zeichen, daß man vorzeitig alt wird
Warum folge ich nicht dem Befehl meines Innern
sondern den Schicksalsseufzern anderer Völker?

Es gibt nur eine Antwort: Lapplands Frühling
wenn ich daran denke, singt mein Gemüt
Kurz ist Lapplands Vogelgesang, das Vergnügen
und der Blumen Blust und jede andere Freude.

Aber lange ist des Winters Macht. Die Gedanken
fliegen, rasten nur einen Augenblick
und beginnen wieder ihre sonnige Fahrt
und verlassen schon das eisige Lappland.

Oh weiße Vögel, Gäste des Lapplandsommers
ihr, große Gedanken, ich begrüße euch!
O bleibt und baut hier eure Nester
obwohl ihr wieder in den Süden zieht.

Oh, nehmt Kenntnis von den Schwänen
Sie ziehen weg im Herbst, kehren im Frühjahr zurück
an unsern Ufern ist es ruhig
und der Berge Böschung sicher und verborgen.

Fliegt rauschend durch die Luft
schöpft Taten, gebt Licht den Ländern
Wenn ihr jedoch seht, daß der Winter weicht
bete ich, bitte ich euch: Kehrt zurück!

V.E. Törmänen

■■ Alte Kirche

Eine alte Kirche
in der Wildnis,
Fenster zerbrochen,
Türen kaum zu schließen,
Der Turm schwankt,
durchs Dach sickert Wasser,
der First ist bedeckt
mit dunklem Moos.

Die alte Kirche
erinnert sich ihrer Jugend,
als die Kirchenbänke noch voll
andächtiger Leute waren.
Damals widerhallten abwechselnd
Predigt und Lieder,
sodaß bisweilen das harte Eis
um sündige Herzen wieder abbröckelte.

Die alte Kirche
ist jetzt einsam
wie eine Mutter.
Unter dem Rasen vermodert
die ganze Gemeinde.
Die Greisin wartet,
bis sie selbst einstürzt.

V. E. Törmänen

■■ Der Bergsee

Tags kräuselt sich die Oberfläche
wie schmelzendes Gold,
die Wogen spiegeln
des Himmels ewiges Feuer,
Aber die Tiefe ruht
totenschwer,
weist alle Freuden zurück
kompromißlos streng.

Wie ein Kind lächelt
die Oberfläche in der Sonne,
aber auf dem Grund verbirgt sich
ein düsterer Greis,
dem niemand jemals
Trost bringen kann,
obwohl er jahraus jahrein
darüber weint.

Jorma Etto

■■ Der Sohn des Fischers

Der Sohn des Fischers ist ein Dummkopf,
hängt Gras zum Trocknen an die Leine,
wenn die andern fischen gehen.
Männer, Helden, vernünftige Väter
geraten in Sturm, kommen zurück
ohne Beute, mit zerrissenen Netzen.
Der Sohn des Fischers, er sitzt am Strand,
wiegt einen Stein und lächelt.

Jorma Etto

■ ■ Schneewittchen

Alles ist schön auf der Erde,
schön, jawohl, wenn man so will.
Der Spiegel ist schön und die Königin,
das Lied ist schön und klangvoll der Vers,
die Schneefelder, das Eis,
die Sterne abends in der Dämmerung,
der Frühling, die Gräser,
die goldnen Blumen auf der Wiese,
und schön ist es zu sterben
und Himmel und Land
und die Bäume (Zedern und Espen);
das Wacholdervolk; ein fliegender Vogel,
der Menschen Gedanken,
die Fahne mit dem blauen Kreuz,
schön sind Kinder
und die Graalsschale, das Gelb der Dotterblume,
und Nebel und Sumpf, Dunst,
Duft da und Duft dort;
und Musik und Meer, Meer, Meer.
So schön ist alles auf der Erde,
wenn man so will.
Der Frauen Schönste aber ist Schneewittchen,
das es gar nicht gibt.

Juhani Aho bezeichnete die Finnen als Wacholdervolk.

Jorma Etto

■■ Ähren

Wenn diese notwendigen Bilder altern,
werden sie abgenützt,
die Sätze werden kahl, der Samen gleichgültig,
man braucht meine Saat nicht zu verdünnen,
die Haare fallen mir über die Augen,
Meine Ernte ist bereit.
Es lohnt sich nicht die Sense zu schärfen; ich stürze,
wenn der Wind aus Norden weht.
Ich bin nicht reif, graues Haupt, nur Stroh,
das raschelt, der Wipfel nur Abfall.
Ich habe mich nicht um Irdisches gekümmert,
der Himmel hat nur Regen gesandt,
Regen und Herbstkälte.
Man hat uns Schnee versprochen, er kommt,
die Haare werden geschnitten,
Ohren und Hals brechen bald.

Uuno Kailas

■■ Lappenlied

Leben, sei gelobt!
Obschon du im kühlen Zelt
auf Lapplands flacher Hand ruhtest,
bekannt den Winden vom Eismeer.
Obschon die Wiege freudlos war
im kalten Lapplanddorf,
das Weib mit Kummer und Grauen
an den Händen das Kind wiegte.

Obschon du nur mit Lumpen
der Kinder Achseln bedecktest,
mit trockenem Streubrot
den Hunger stilltest,
du als böser Hund
an der Tür der Bessern belltest.

Obschon auf der Fahrt über krustigen Schnee
die Augen auf apere Stellen hofften,
die Ohren nach Lerchen fragten,
in der Nacht der Tage ohne Sonne
im Land der Samen ohne Gesang.

Obschon du wie nach blutigen Spuren
nach Sternen Ausschau hieltest,
eingefrorner Schmerz steif blieb
und der Wind mit Schnee vermischt.

Eines bleibt Lapplands Gesetz:
Kopf aufrecht behalten,
mit Gefühl, das mehr flackert als Feuer
und mit eismeerblauen Augen.

Wenn du fällst, Blut im Mund,
in loderndem Nordlicht
in die Schneewehe sinkst,
beim Erwachen den Tod
an deiner Schulter spürst,
eines bleibt stolz, das Morgenlied:
Leben sei gelobt.

Kalevi Lappalainen
■■ Im Winter

Aus der Dunkelheit drückt der blasse Bote
sein Gesicht an die Fensterscheibe.
Er bettelt, um in die Hütte zu kommen,
sich auf den Schemel neben mir zu setzen.

Er blickte von allen Seiten herein
und kam ins Haus zur Winterszeit.

Im Mondschein hört man jetzt
auf dem Hofplatz Schritte.
Man zieht den Leichenschlitten
zum Dorf.

Winter für Winter
dauert hier diese Dunkelheit.
Falls ich den nächsten Sommer erlebe,
tanze ich den ganzen Sommer.

Kalevi Lappalainen
■■ Übernachten

Hinter sich den Fußmarsch vom Berg,
geht es dem strömenden Bach entlang.
Sprudelndes Wasser
schmeckt erfrischend
und kühlt ab.

Seine Beine im Schlafsack,
um den Hals den Bärenzahn,
seine müde Wandergestalt ruht.

Kalevi Lappalainen

■■ In Inari

Unbemerkt kam ich hierher, Bäume,
in die Mitte eurer Stille, mit Nerven unruhig wie eine Stadt.
Bäume, ihr seid mir wertvoll.
Der Weg eurer Gedanken, eurer Brüder
der Flüsse, freiströmend in ihren tiefen Betten.
Wenn ein Fluß fließt –
Das Lagerfeuer erwärmt mein Gemüt
Ich habe kein Reiseradio, keine Luxseife,
weder Grill noch Volkswagen.
Darum kann ich mit dir allein, der Stille, sein.
Kann auf irgendeiner Grasscholle sitzen
ohne auf die Uhr zu blicken,
denn Eile bedeutet hier Tod,
den man vorzeitig, zu früh herbeiruft.
Ich sehne mich nicht nach andern Städten, als
denen in meiner Brust. Nach verschiedenen Straßen,
wo ich Tabak kaufen kann,
wo mir das Lächeln einer Frau begegnet,
einer Fabrik, die Hersteller vernichtender Produkte bekämpft,
indem sie die Maschinen stillegt.
Vom Gerippe eines Rens hat sich am Fluß jemand das Geweih
als Andenken mitgenommen.
Ein Mensch ist gewalttätig.
So viele Gedanken –
Frei strömt der Fluß über meine Zehen.
Ich lege die Sonne in die Baumkrone, ziehe die Uhr auf.
Ich stehe nachmittags auf oder
am Abend.

Kalevi Lappalainen

■■ Nordlandbewohner

Er war in eine Stadt im Süden gereist,
aus einer Gegend,
die auf eurer Karte eine leere, weiße Fläche ist;
    kaum eine Sehenswürdigkeit
sagte er, und sie zeigten
durch ihr Schweigen, wie traurig diese Tatsache ist.

Einari Vuorela

■■ Das Lied des Finnenmädchens

Viele Berge,
viele Hügel
trennen mich
Unglückliche von dir.

Dort die lieben Äcker
schaffen Ähren;
hier graue Tümpel,
düstrer Lapplandsumpf.

Im Hügelschatten
wandert die Rentierherde.
Wem biete ich meine Hand?
Keiner kommt.

Ich trage Sehnsucht,
warm wie Wolle;
der Wind vom Berg
bringt Schnee.

Einari Vuorela

■ ■ Die Einöde

Einöde – kein einziger Baum.
Eisfelder, Schneeflächen, Revier der Wölfe.
Irgendwo ein Dorf, eine Hütte, Rauch – optische Täuschung.
Eis, Schnee und Verdruß – sonst nichts.

Veikko Haakana

■ ■

Einmal war ich dabei.
Aber als wir ein Rentier nachts von der Herde abtrieben
es war Mondschein
und der Beute Seite an Seite nachliefen
einige hinten, andere weiter zurück
und wir die Beute immer weiter weg jagten
durch die Einsamkeit, das Rentier schon schäumte
sein Maul aus Müdigkeit offen stand
kam ich im Schatten der Beute auf deren linke Seite
es war Mondschein
Mein Schatten vereinte sich auf dem Schnee mit dem
Schatten des Gejagten
im Schatten waren wir eins, das Erschöpfte und ich
und ich blies ihm Müdigkeit zu und Unterwerfung
und mir Geschwindigkeit, aus dem Schneeschatten heraus
zu kommen
unbändige, schonungslose Kraft
daß die Meute hinter mir bliebe
und ich war bereit anzugreifen, rechts schräg vorne
– ah, da war das Rentierohr!
da tauchten die Schatten anderer Wölfe auf dem Schnee auf
weiter links auf der gleichen Seite
und auf der Mondseite rechts vom Rentier
und hinten
vereinigten sich mit dem Schatten der Beute.
und im gleichen Augenblick war der Schatten der Beute weg
auch mein Schatten
ich sah weder schlanke Beine noch einen Hals
noch schnaufende Schnauze und schreckerfüllte Augen,
Unterwerfung
keine volle Pulsader rechts schräg vorne oben;
nur struppige Rücken, Schwänze, Pfoten, Schlünde,
hängende Zungen
im Schatten als Schatten von mir auf dem Schnee:

Ein Bild ohne Umrisse, eine ekelhafte Beute
eine verkrüppelte uralte zähfleischige Kuh
Ich sprang weg.
Ging seither nie mehr im Rudel auf Beute aus.

Niilo Rauhala

■ ■

I

Wenn alle andern Lieder
schon verstummt sind,
muß man den Sommer
im Schrei der Möwe
vom schneeigen Ufer suchen.

II

Alter Fischzaun, aufrecht, rostig,
am Ufer Boote, die niemand
benutzt, die verfaulen.
Hinter dem Fluß wogt
schwarzer Seegang
unter den Wolken.

III

Der Herbst liegt schon weit zurück,
aber das Eis schmolz im November,
hinter den Meeresbuchten steigt Rauch
aus der Holzindustrie von Kemi.
Viele Arbeiter wurden entlassen.
Ich erinnere mich früher Hungerjahre,
als das Eis auch schmolz zu früher Zeit.

Niilo Rauhala

■ ■

Im Frost erstarrtes Haus,
ungewischte Treppen voller Schnee,
harte Spuren von Hunden, gelbe Flecken;
der Wind ist durch die zerbrochenen Scheiben
    eingezogen in die Zimmer.
Dort erwartet es seinen Sucher,
wie eine allein zurückgelassene Mutter
ihre auf dem Meer segelnden Söhne.
Dort wartet es darauf, daß jemand von der Arbeit heimkommt
und Kinder Ski und Schlitten aufstellen
an die Hauswand, Kerzen anzünden in Schneeschlössern im
    Hof.

Von Jahr zu Jahr lauschen die Bäume auf Stimmen,
eines Sommers kann im Hof ein Auto vorfahren
    mit Ausländerschildern
wenden,
es getraut sich nicht zu bleiben.

Eino Johannes

■■ Schwache Menschen und königliche Hafenarbeiter

Mit bleichen Wangen
und steifem Oberkörper
keuchten sie
als sie sich vom Morgen bis zum Abend
an windigen Vorfrühlingstagen
an endlos langen Reihen
von Papierholz abmühten.

Sie schälten einen Kubikmeter
und an den besten Tagen anderthalb.
Sie waren schwache Männer
und vom eisigen Baum
prallte ihr Hieb zurück.
Aber sie wollten leben
und sie hatten eine Familie.

Wir waren Gelegenheitsarbeiter
im Umkreis roher Wirklichkeit.
Wir lachten über
harte Anstrengungen.
Unsere Lungen schluckten Luft
keuchend, tief einziehend,
unser Blut sang im kräftigen Lied,
unser Hieb prallte nicht zurück.

Wir sägten Stämme
luden Züge und Schiffe
und schälten Holz, fünf, sechs
und acht Kubikmeter.
– Einige sagten
wir seien königliche Hafenarbeiter!
Solange bis das Leben
uns zerbrechen würde.

Rakel Liehu

■ ■

Knaben suchten sich einen weißen Täuberich aus.
Im Gesträuch brachen sie ihm die Beine.
Es ging schnell, und der schreiende Taubenstummel
flog in den blauen Himmel. Er konnte jetzt
nur noch fliegen.
Als er schließlich sterbend vor Erschöpfung
versuchte, sich zu setzen, viele Male!
brannte das Land unter ihm wie Feuer
Es dauerte lange. Er starb im Fluge, nachts,
und fiel auf einen nassen Felsen.

Hilja Mörsäri

■■ Wenn ich nachdenke

Mein Blick hat mich getäuscht.
Ich hatte einen grauen Traum.
Wenn ich nachdenke, gibt es dich nicht.

■■ Herbst

Man schließt die Schuppentüre.
Sucht die Lampe.
Blätter fallen.
Das Weinen übernimmt mich,
die Füße stemmen sich dagegen,
sie erinnern an den Sommer,
und bringen uns nun dieses Leid.

Eeva Heikkilä

■■

Gelbe Blätter fallen
segelnd auf verlaßnen Acker.
Ich erwachte
sah den vergangnen Sommer
und irgendwo in mir
weinte eine große Sehnsucht.

■■

Es ist vergeblich schön
wenn die Februarsonne sinkt
am fernen Sumpfrand
hinter krummen Kiefernwaldes Wurzeln
wenn das Herz gerissen ist
von des Lebens langen Mühn
und unsicher
ob es den Morgen noch erlebt.

Helinä Siikala

■■

Ein zitternder Mensch
von jahrzehntelanger Arbeit so müde,
daß er kaum noch den eigenen Schmerz verspürt,
eine Frau
deren Körper nur noch Bürden fühlt,
jahrzehntelang im Haushalt diente,
im Sägewerk und Hafen
unaufhörlich in Bewegung war über Kilometer
mit Säcken, Wasserkesseln, Einkaufstaschen.
Im Herzen sieben Zukunftsbürden,
– der Mann ein Trinker –
die geschlagen wurde und bekehrt
zu spät Hilfe suchte,
weil sie nie lernte, an sich selber zu denken,
wie sie zittert vor Müdigkeit, trostlos weint
nicht älter als 55 und Pension;
es dauert zwei Jahre oder länger
bis sie sich erholt und dann bestimmt
beginnt, den Schmerz zu fühlen.

Pekka Sairanen

■■

Der Wein ist zu Ende
das Mückenöl ist zu Ende
die Türe blieb offen,
und die östlichen Fjälls waren klar zu sehen.
Aus dem Radio klang der deutsche Schlager
bis die Batterie zu Ende ging.
Ich schloß die Türe und weiß nicht,
ob nun alles zu Ende geht.

Mikko Kilpi

■■ Hüttenbucheintragung

Ich trieb 400 Ren auf dem Berg zusammen
ich mußte mir Vorrat holen
dann brach ich mir in der Nähe
    einen Ski
doch machte ich einen neuen.
Aber der Hund konnte vor Schmerzen
    nicht laufen
so mußte ich hier drei Tage fasten.

Caj Westerberg

■■

Der Tag beschwichtigt
die Hand.
Das Licht weicht vom
hölzernen Tisch.
Zwei Tönungen bleiben.
Der Himmel bleibt
und die Schneedecke.
Ich gehe zwischen beiden.

Timo K.Mukka

■■ Schwarzer Baum

Ein Fremder kam in die Stadt.
die Trommeln klangen nicht;
ein Fremder kam in die Stadt,
beladen mit Tod und Wasser.

Kommt, trinkt aus dieser Schale,
Kommt, trinkt aus dieser Schale,
Kommt, trinkt Lebenswasser,
Kommt, preßt meine Muskeln.

Ein Fremder kam in die Stadt,
die Frauen flüchteten vom Fenster,
ein Fremder kam in die Stadt,
beladen mit Tod und Wasser.

Preßt meine Muskeln,
preßt Wasser hervor,
kommt, genießt den Sprudel,
Wasser ist in die Stadt gekommen.

Der Fremde sang auf dem Marktplatz der Stadt,
ich habe Tod und Wasser,
kommt, preßt meine Muskeln,
preßt Wasser hervor.

Männer saßen auf den Stufen,
voll Schwefel und voll Feuer,
Geh weg, Fremder,
und nimm Tod und Wasser mit.

Timo K.Mukka

■■ Ballade

Abends sitze ich auf der Treppe,
und flüstere mit brennenden Lippen:
Komm, Sommer, ich lade dich ein.
– Ach, kehrt zurück, geliebte Tage!

3. Ein Lyriker aus Karelien

Vilho Koljonen
■■ Der Spazierstock

Jugendlich entzückende Symbole klappern
auf dem Straßenpflaster Allegretto.
wie Lindenblätter zum Klang der Kapelle.

Ich kaufte ihn Ende April
in der Meinung, ich hätte viel Geld;
nach dem Kauf bemerkte ich,
daß mir nur noch blieb für eine Mahlzeit.

Macht nichts, ich bin jung, Jugend
ist nicht knauserig, verschwenderisch
und pfeifend streift der junge Mann herum.

Kip-kap, kip-kop, dieser sorglose Takt
ist im Mai meines Herzens Allegro.

– – –

Jetzt flammen die Ahornblätter rot,
er klopft müde über Straßenpflaster,
hinter sich der Jahre lange, lange Reihe,
und ringsum – nichts als Einsamkeit.

Wenn ich hinkend noch ausgehe, Jahre später,
erinnere ich mich meines Frühlingslieds:
Rakoczimarsch tönt von der Kapelle.
War ich jung, verrückt, verrückt
in den Spazierstock, den ich kaufte.

■■ Morgen

Wind von Südwest nach Nordost
verjagt die Nebeldecke.
Wenn ich ins schimmernde Wasser blicke,
kann ich den Klang silberner Glocken hören.

Ich weiß nicht, woher die Glocke klingt,
die morgens meiner Seele Freude bringt.

■■ Wolken über meinem Dorf

Graue Wolken über meinem Dorf,
weich wie Mutters Arme,
wie Mutters wollener Schal,
fallen über einen Abend.

Weiße Wolken über meinem Dorf
wie wehender Schleier einer Braut.
Wie der Lerche silberner Gesang
weiße Wolken wie Hochzeitsgefühl.

Schwarze Wolken über meinem Dorf
ernst wie Vaters Blick:
streng, auch wenn vielleicht
– die Güte schimmert hinter allem.

III Texte

Leena Morottaja

■■ Hirtenbrief von 1659

Ich,
von Gottes Gnaden der Patriarch Nikon,
schicke diesen Hirtenbrief
im Namen des Heiligen Geistes meinen Jüngern
des Krestin Klosters Ältesten Jsaï
und seinen Brüdern.
Segen, Gnade und Friede von Gott
und alle guten Wünsche von uns.

Du erzähltest uns am Anfang des Jahres,
daß dein Abt Johannes
auf Reisen Petsamo besuchte
wegen einer Bestandesaufnahme,
daß dort der Klosterälteste Gurja
nichts vom Klosterbesitz oder
andern Klosterarbeiten zeigen wollte.
Johannes wurde auch nicht gestattet,
mit jemandem im Kloster zu sprechen.

Du verkauftest des Klosters altes Boot
als es schon fast ein Wrack war.
Gurja holte es im Kloster
und wollte auch Geld.
Er spazierte auch in Moskau herum.
Dort nahm er eine Anleihe von 90 Rubel auf.
Davon haben wir nichts mehr gehört.
Nach seiner Moskaureise
entstand Aufruhr in der Bruderschaft.
Dies gefällt uns nicht.

Nach diesem unserm Brief
hast du den Auftrag.
die frühere feste Ordnung
wieder herzustellen.

Wenn sich die Schwierigkeiten
im Kloster oder mit Gurja mehren
laß es deinen Patriarchen sofort wissen.
Diesen Brief kopierte ich auch
für die von der Kuolamündung.
Hilfe bekommst du auch von dort.

Du erzähltest, daß mein Abt von der Kuolamündung
zwei Alte in sein Kloster brachte.
Diese wohnen zusammen als seine Nachbarn.
Sie haben in der Unterkunft viel Schnaps
und trinken und zanken dort
zusammen mit der Bruderschaft.
Es gehört zu deinen Pflichten
in der Umgebung des Klosters Ordnung zu halten.
Schreibe uns nie mehr von Trinkgelagen!
Suche Getreue von der Kuolamündung
um den ganzen Haufen ins Gefängnis zu werfen,
ebenso sollte man die Diebe verhaften,
die dort Geld und Klostereigentum veruntreuten.
Nimm dann die Aufrührer mit dir ins Kloster,
und nimm sie dort ohne Erbarmen gefangen.
Das Gleiche trifft die Flüchtigen.
Wenn du sie
auf dem Land des Krestinklosters triffst,
verhafte und verhöre sie.

Dann etwas über die Fischerei.
Entgegen unsern Weisungen
bitte ich dich deine Boote
nach Jokonga zu senden
um für uns zu fischen
Flunder und großen Dorsch.
Sende auch Fischtran
hundert Bäume vom Herbstschlag
sobald Schlittenfahrt möglich ist.

Besuche deine Unterklöster
halte dort die Ordnung aufrecht.
Sammle alle geistigen Getränke
die du in den Klöstern findest.
Zerstöre auch die Brennhäfen.
Schnapsbrennen ist zwar erlaubt
auch für Lappland
aber erst an der Äänisflußmündung.
Versuche alle Mittel, daß
du wieder Ruhe bekommst, Ordnung
in den Nebenklöstern.

Nils-Aslak Valkeapää

■■ Meine Heimat sind die Berge

Ja, ich gehöre auch zu den Samen, denen es schwerfällt, zu erklären, wo ihre Heimat ist. Wenn ich sage, daß sie dort sei, wo keine Föhren mehr wachsen, hält man mich für einen Besserwisser. Und obwohl sich die Verhältnisse heute geändert haben, kann ich nichts dafür, daß es für mich immer noch die Berge sind, nicht etwa ein besonderer Berg, sondern alle diese Berge hier. Bei Nacht und Tag. Bei Sonnenschein und Schneegestöber. Meine Heimat. Und auch diejenige vieler anderer Samen.

Ich erinnere mich noch des seltsamen Spaßes, mit Kiefernzapfen zu spielen, in den Wintern, als wir weit gegen den Süden ziehen mußten, bis wir plötzlich in die Föhren gerieten. Ich erinnere mich der Panik, in die ich kam, als ich mich das erste Mal in einem Kieferndickicht befand.

Ja, ich bin ein Kind der Berge – wie viele andere Samen, meine Brüder, meine Schwester. Und es ist nicht so leicht zu sagen, wo meine Heimat ist, weil alle diese Berge meine Heimat sind.

Ich fühle bei jedem Schritt die lange Geschichte, den Zug mir vorausgegangener Ereignisse. Daß meine Vorfahren in diesem Lande gewohnt haben. Gestorben sind. Geboren wurden. Ihre Samenzelte aufstellten, ihre Schlafunterkünfte. Diese wieder abrissen. Sich freuten. Trauer empfanden. Feuer entfachten. Erinnerungen auffrischten. Joikten. Ich weiß, daß meine Vorfahren hier fischten. Wild jagten, Rentiere betreuten. Ich fühle, daß sie immer noch da sind, im Geist der Steine, im Stöhnen des Windes, im Rauschen der Stromschnellen.

Ich wohne in meinem Haus an dem Platz, wo sie früher gelebt haben. Diese Vergangenheit ist nicht einmal so kurz, denn man kann nachweisen, daß meine Vorfahren wirklich schon vor 10000 Jahren diesen steinigen Boden genutzt haben, die Völker, aus denen mein Volk stammt, und das man heute die Samen nennt. Aber auch in diesem langen Zeitabschnitt geschah dieses Nutzen so unmerkbar, daß heute kaum Spuren zu sehen sind. Das zeigt, daß die Menschen im Einklang mit der Natur lebten. Sie haben sich nie als Herren der Natur betrachtet – sie haben es nicht für notwendig erachtet, bleibende Denkmäler, Pyramiden und Befestigungen zu errichten. Hier galt nicht, der Größte und Schönste zu sein, mehr und am meisten zu bekommen. Denn sie hatten ja Sonne. Wind. Und Land.

So wandere ich also über die steinigen Berge, fühle, daß es mein Zuhause ist, mein Zufluchtsort. Ich wünsche auch, daß dies mir erhalten und vor Eindringlingen bewahrt bleibt. Dies scheint mir angemessen in einem Land, dessen Verfassung Ruhe und Friede des Heims schützt. Und auch das Eigentum.

Obschon der Begriff Eigentum uns fremd ist; man hat eben erst begonnen, ihn sich anzueignen. Nämlich sich die Möglichkeit vorzustellen, Land zu besitzen. Die Samen waren der Meinung, daß man Erdboden nicht besitzen kann. Heute wird das Land der Samen meistens mit dem Schild «Staatlicher Besitz» gekennzeichnet.

Für die Samen indessen bedeutet das Land die Mutter, der Ursprung des Daseins. Wir genießen es. Wir bewandern es. Hier, dieses karge, steinige Land. Vorher war es ganz Finnland. Das bezeugt der Name Finlandia, und der Name Finnmark im heutigen Norwegen. Und erst in den letzten Jahren wurde die ‹Finnemisjion› in ‹Samemisjioniksi› umgetauft. Davon berichtet auch der Name Lappi. Finlandia – Haus in Helsinki, Lappi – Haus in Rovaniemi, und mit dem Bau eines «Samenhauses» in Inari glaubt man wohl, die Samen dann endgültig eingegliedert zu haben. Unsere Kultur aber ist so lebenskräftig, daß, auch wenn man sie einschmelzen würde, sie weiterhin wirksam wäre.

Es gibt für uns keinen abgegrenzten Raum. Wir fühlen nur, daß wir zu diesen steinigen Hängen gehören. Wir sind nicht mehr viele Samen. Auch wenn dieser Boden verfassungsmäßig als samisches Eigentum bezeichnet wird, gibt es darunter viel Privateigentum, das nicht mehr zum samischen Heimatboden gehört. Vertreter «europäischer» Kultur und

Vertreter dieser Denkweise, die selbst in diese Gebiete verschoben wurden, mit der Absicht, dem Staat die Gebiete zu sichern. Ihre Aufgabe, dort zu wohnen. Heute nicht mehr. Von uns gingen Land und Wasser. Saariselkä: eine Stadt. Kirunas Erzboden: zu allgemeinem Nutzen ausgebeutet. Die Seen: vergrößert. Stromschnellen: verkraftwerkt. Unsere Heimat: «Staatsland».

Hier sind sie. Sie überlegen «europäisch», bringen alles mit ihrem Überlegungsmuster in Einklang. Sie wünschen immer mehr. Sie haben nie gefühlt, nie bemerkt und berücksichtigt, daß dies arktisches, biologisch empfindliches Gebiet ist. Die Arbeitslosenziffern steigen ständig, bis zu 25 Prozent. Darunter sind fast keine Samen.

Es sieht so aus, daß der Staat fortfährt, sich auf Gedanken und Überlegungen zu stützen, die auf diesem biologisch empfindlichen Gebiet unsinnig und unberechenbar in ihren Folgen sind.

In der Schule berichtete man uns, daß unsere Kultur primitiv sei. Daß wir selber klein und schwarz seien.

Heutzutage erstickt die Welt in der Masse der Übervölkerung. Ein riesiger Teil hungert. Die besten Wissenschaftler des «europäischen Gedankenmodells» warnen die Welt. Sie möchten den Bewohnern biologisch empfindlicher Gebiete Selbstbestimmungsrecht garantieren. Aus globalen Gründen.

Es ist an der Zeit, neue Wertmaßstäbe zu setzen, zu überlegen, ob primitiv vielleicht nicht primitiv ist. Denn eine Kultur, die während Tausenden von Jahren im Einklang mit der Natur gelebt hat, kann nicht primitiv sein. Und Kultur, die in arktischer Landschaft fähig ist zu leben, ohne sichtbare Spuren zu hinterlassen, ist das nicht geniale, große Kultur?

Wir haben dieses Land genutzt zum Wohl unseres Landes und haben auch versucht, ihm selbst nützlich zu sein. Wenn wir Fleisch und Fisch aßen, taten wir es in Ehrfurcht. Wenn wir starben, war es recht und billig, daß die Natur auch von uns Nutzen ziehen konnte. Wenn wir Rentiere häuteten, zogen wir alles zu Nutzen: Geweih, Kopf, Eingeweide zum Essen, für Kleider, Schutz in der Nacht, Adern für den Hund. Das Rentier war ein Teil unseres Lebens.

Und wenn wir irgendwo wohnten, in Zelten und unter Schutzdächern, geschah dies nicht immer am gleichen Ort und nie so lange, daß die Natur darunter gelitten hätte. So sind all diese Berge zu unserm Heim geworden.

Aber die «europäische» Denkweise erklärte, unser Leben sei urwüchsig und primitiv. Sie schufen Bauwerke, die am Platz stehen bleiben. Denkmäler. Sie lehrte technisch zu denken, wirtschaftlich. Rentieraufzucht wurde zum Rohmaterial für die Fleischindustrie. Und wo der «europäische» Gedanke vordrang, dort blieben Spuren in der Natur haften. Auch hier in den Bergen, in einer biologisch empfindlichen Landschaft. Und immer noch kennt man die Bedeutung dieses Gebietes nicht. Unsere Kinder wurden schon früh der Natur entzogen. Um Bildung zu erhalten. Man lehrte sie «weiß» zu denken: schneller, mehr, wirksamer – unser Leben in der Natur als primitiv zu betrachten.

Wir leben also in diesen steinigen Bergen. Vor uns das Eismeer. Hinter uns Gedanken wie eisige Meere. Aber das ist unser Land. Daran können wir nichts ändern. Jene steinigen Berge: unser Schutz, unser Zufluchtsort, das Herz unserer frei atmenden Kultur.

Sie wünschen aber von uns mehr: Die steinige Kargheit. Um sie für das allgemeine Wohl zu nutzen. Die Große Hand wünscht Reklame zu machen. Weltweite Heimat. «Letzte Wildnis». Zum allgemeinen Wohl. Die Große Hand; jene Gäste in Rovaniemi, dort empfangen sie «echte Samen», «echte samische Handarbeit», und ganz und gar «samische Dörfer» können plötzlich dort auftauchen.

Sie haben uns alles genommen, auch unsere Namen. Finne und Lappe, aber wie steht es mit Same..., und wie ergeht es den bekannten finnischen Künstlern, falls samische Kultur nicht mehr besteht? Woraus schöpfen sie dann?

So spalten Teerstraßen unsere Gegenden, unsere Rentierweiden. Diese bringen Menschen irgendwo aus der Welt; sie kriechen aus dem Auto und wünschen zum Andenken Bilder von uns zu machen, von uns Eingeborenen. So kommt auch die Bürokratie mit Orden bekleidet, mit einem dicken, unsaubern Buch, das von ihnen geschrieben wurde, und sie sagen: «Das ist Gesetz und gilt auch für dich.»

Und was antworte ich? Soll ich erzählen, daß dies alles meine Heimat in meinem Herzen ist, und ich sie mit mir trage? Daß sich dort Kinder freuen, alle dort joiken? Hunde bellen. Glocken bimmeln. Daß dort Lappenmädchen ihren Rocksaum schwenken?

Aber wenn sie fragen: «Wo ist deine Heimat?», soll ich ihnen sagen: «Dies». In ‹Skuolfitieva› nächtigen wir im frühen Frühling, das ‹Kaunis vuoma› (Schöne Stromland) war unser Heim zur Brunstzeit der Ren, unser Sommerplatz ist die ‹Variosaniemi› (Schattige Halbinsel), und im Winter sind unsere Rentiere in der Gegend des Talvas. Unsere Vorfahren errichteten ihr Lagerfeuer in ‹Korkeassaorta›, auf den Moorinseln von ‹Isojänkä› auf dem ‹Avarakero›; mein Großvater ertrank beim Fischfang im Fjord, meine Großmutter schnitt ihr Schuhheu in der ‹Valkehtivä ruto› (glitzernden Bachrinne); mein Vater wurde unter der ›Vinonpahta› (schiefen Steinplatte) bei schneidendem Frost geboren.

Und ich sehe unsere Berge, sehe unsere Wohngebiete und höre mein Herz pochen. Diese Fjorde, Flüsse, Seen, diese Fröste, die derbe Witterung. Jene Berge bei Nacht und Tag, Freude und Kummer. Schwestern und Brüder. Diese alle sind meine Heimat, und ich trage sie in meinem Herzen. Und sollte ich unsere nachtlose Nacht bejubeln, die Schönheit des Kaamos, die Baumgärten unserer Bergbirken, das Blau der Berge? Denn Heimat kann nur vollkommen sein, wenn reinigende Winde sie besuchen, frische Regen und Frühlingsfluten.

Was wäre die Heimat ohne Leben, ohne der Schwester warmes Lächeln, ohne des Bruders Ruf zum Bellen der Hunde hinter der schönen, herbstlich starken Rentierherde im Schneegestöber?

Ja, dies alles trage ich bei mir, und es schlägt warm in meinem Herzen.

Ich überlege, wie bitter es sein könnte, Kolonialist zu sein, wenn es ihm ergeht, wie es uns ergangen ist. Man hat uns fast alles genommen, was irgendwie Wert gehabt hat. Man hat uns in Gebiete verdrängt, wo andere nicht zurechtkommen und das Leben dort als Strafe empfinden. Und jetzt erweisen sich diese Gebiete als begehrenswert und nützlich.

Aber immer noch wandere ich hier zwischen den Steinen, betrachte sie, der Wind kommt kalt und schneidend, der Schnee wirbelt in den Halskragen, die Ohren vereisen wie der Rahm im Plastikbeutel, und ich denke, daß dies meine Heimat ist.

Was mich betrifft, bin ich entschlossen, alles das auch zu verteidigen, falls man es angreift, und ich glaube, daß die Finnen diesen Standpunkt mit mir teilen, denn ich habe noch nie einen Finnen angetroffen, der es zulassen würde, daß man aus seiner Wohnstube einen Tummelplatz macht.

Ich kann auch nicht in «aah»- und «voih»-Rufe ausbrechen, denn ich bin auch an dieses Land gebunden, wenn der Wind über mich fegt, und ich glaube, daß ich auch dann in meinem Heim sein werde.

Den gewöhnlichen Finnen achte ich durch die Art, wie er «Teufel» sagt, und ich glaube darin auch Halt und Verlaß zu spüren, wenn es um unser Dasein geht.

So wandere ich also von Berg zu Berg, der Wind hat die Blätter gefleckt, die Birkenzeisige schwärmen von Busch zu Busch, und die Oktobersonne wirft letzte Strahlen auf das schneefleckige Bergland.

Die Touristen sind gegangen.

Ich habe jetzt Zeit, durch diese Steinwüste zu wandern, denn der Fisch ist verschwunden, und der Gänseschwarm über den Tarjuseen nur noch Kindheitserinnerung. Irgendwo in meinem Innern wirbelt Schneegestöber; Eiseskälte, die Türe meines Kühlschranks ist offen, der Inhalt zerstreut in alle Windrichtungen. Ich sehe in meiner Badewanne leere Plastikbeutel schwimmen; mein Bett ist geschändet mit zerbrochenen Flaschen, leeren Bierbüchsen. Und mein Eßtisch ist zerstört, asphaltiert, Benzintankstelle und Whiskylachen.

Meine Heimat.
Und wo ist euer Gewissen?
O große Berge, o meine Mutter, scheinst du immer noch, Sonne, mein Gott, mein Leben; wehst du noch, mein Wind, meine Freiheit? Immer noch?
Am Oktoberhimmel ziehen Wolken, ein pfeifender Wind biegt die Zweige; noch strömen die Wasser wild in Pättikkä;
wir wünschen uns nichts von andern, wir wollen nur unser Eigenes, das was uns gehört.
Nur unser Eigenes.
O Mutter, großer Berg.
O Sonne.
Himmel.
Und Land.

Nils-Aslak Valkeapää

■■ Kunst, um Leute aufmerksam zu machen

Kunst hat es in samischer Kultur nie gegeben – und deshalb auch keine Künstler. Erst in den letzten Jahren, als westliche Kultur den Samen die Möglichkeiten, ihr eigenes Leben zu leben, vernichtete, führte diese Entfremdung von der Natur zur Erscheinung von Künstlern.

In samischer Kultur war seit jeher jedes Ding mit dem Leben verbunden, war ein Teil der lebendigen Natur, ein Teil eigenen Lebens in der Natur. Viele Vorstellungen und Begriffe waren auch sehr verschieden von den heutigen, insbesondere denjenigen der westlichen Gesellschaft, einer Gesellschaft, deren Ideale Dinge wie Nützlichkeit, Spezialisierung, Produktion und Beschäftigung mit den auf sie beschränkten Interessen sind.

Diese Begriffe sind tatsächlich ganz und gar verschieden: Niemand kann Land besitzen – es ist die Natur, die über die Menschen bestimmt –, oder dann: Rentiere zu hüten ist nicht Arbeit. Rentiere zu hüten war ein Teil des Lebens, ein Teil Natur – nicht Arbeit. Und obgleich Rentiere zu hüten tatsächlich physisch extrem streng sein konnte, es war noch immer nicht «Arbeit». Bei der Arbeit mit Rentieren hat man sich, wenn auch nicht im Sonntagsstaat, so doch wenigstens schmuck zu kleiden. Nur wenn der Rentiernomade plötzlich zum Straßenarbeiter wird, wird ihm bewußt, daß «Arbeit» eine Art von Bestrafung sein kann: durch den Schweiß auf der Stirne und anderes mehr.

Natürlich könnte man viele solcher Beispiele verschiedener Lebensansichten aufzählen. Aber in dieser Beziehung genügt es vielleicht, zu erwähnen, daß Samen Kunst nicht kannten. Auf alle Fälle nicht als etwas Besonderes, Spezialisiertes. Alles, was in samischer Kultur nach westlicher Kulturphilosophie als Kunst bezeichnet werden könnte, war für die Samen selbst eine ganz andere Art, sich von den verschiedenen Seiten des Lebens ein Bild zu machen.

‹Joik› war nicht Musik – oder eher, es war nicht nur Musik.

Es war ein Teil des Lebens; es war der Freund, den man joikte, es war lebhafte Plauderei, es war das graue Leitrentier mit dem eleganten Trab oder der Sommerplatz in seiner strahlenden Schönheit. Aber man joikte nicht *über* jemanden oder etwas, sondern man *joikte sie*. Und ich bin beinahe sicher, daß es niemandem eingefallen wäre, daß das, was hier geschah, Musik – Kunst sei.

Auf der andern Seite muß man sagen, daß – obwohl Samen Kunst als besondere Erscheinung nicht kannten – alles, was sie taten, Kunst war, und alle Samen Künstler waren. Die Art zu sitzen, zu knien, eine Zigarette mit einer Hand zu rollen, die Bierflasche mit einem breiten Messer zu öffnen, die Schuhe mit Heu zu stopfen, den Gurt festzuschnallen, gut und tief, den Rock zu ordnen, daß er in schöne Falten fällt... Alle Dinge und alles, was im Leben des Samen geschah, war Kunst und wurde wie sie getan, obgleich man es nicht als Kunst bezeichnete. Es war ein Teil ihres Lebens. Und Leben war eine Art ewiger Kunst. Und es muß festgehalten werden, daß leben in arktischer Gegend selbst schon eine Kunst ist.

Wenn ein Same nachdachte oder Erinnerungen weckte, betrachtete man das nicht als literarische Kunst, es war Schauspiel, Anleitung, es war eine soziale Tätigkeit, eine Art, die Zeit zu verbringen.

Und wenn ein Same nähte, Holz schnitzte oder irgend einem Handwerk oblag, ging es nicht um Kunst. Er oder sie stellten etwas her, das man im täglichen Leben brauchte. Aber trotzdem war es ein feines Ding (und etwas, mit dem man sich ein bißchen rühmen konnte, wenn man joikte), wenn jemand das Talent hatte, Nützliches zu schaffen, daß es praktisch und zudem schön war. Es war sogar besser, wenn man es machen konnte aus dem spärlichen Material, das man zur Hand hatte, und ganz besonders gut, wenn man dieses Material für soviel Dinge als möglich nutzen konnte. So nannte man einen Handwerker nicht Künstler und die Arbeit nicht Kunst. Aber ein solcher Handwerker konnte oft einen Joik ernten, und im großen, weiten Samenland konnten die Joiksänger seinen Ruhm singen.

Aber wie ich schon erwähnte, wurden die Samen mit der Zeit in immer kleinere Gebiete verdrängt, in die feindlichsten Regionen. Regionen, in denen andere nicht überleben konnten. Und jetzt wurden diese Regionen sogar begehrt für Wasserkraft, Urangewinnung, militärische Übungsplätze, politische Macht, Tourismus oder Wirtschaft.

Westliche Kultur und ihre Lebensphilosophie haben bereits begonnen, auf alle möglichen Arten samische Denkweise zu beeinflussen und damit auch das eigentliche Leben der Samen. Man kann wirklich sagen, daß sich Samen ihrerseits an viele Dinge zu gewöhnen hatten, die ihrer eigenen Kultur fremd waren und noch sind.

Aber die lebendige Kraft einer Kultur besteht nicht im Verharren des eigenen Denkmusters – sie hängt davon ab, wie geschickt und anpassungsfähig sie ist beim Formen und Umformen fremder Elemente, so daß diese ihren eigenen Bedürfnissen entsprechen und ihrem eigenen Denkmuster dienen können.

Besonders in der heutigen Zeit muß samische Kultur fähig sein, fremde Einflüsse mit der größtmöglichen Selbstbehauptung zu verdauen – sich diese zu eigen zu machen, ohne dabei die Verbindung mit dem alten samischen Kulturhintergrund zu verlieren.

Im Kampf um die eigene Kultur ist es für die Samen wichtiger denn je, in allen Sparten des Lebens ihre eigenen Spezialisten zu haben. Spezialisten sind ganz einfach heute eine Notwendigkeit, weil Samen nicht fähig sind, in den heutigen Gebieten nur mit Hilfe ihrer traditionellen Lebensweise zu überleben. Es wäre einzig zu wünschen, daß Samen in ihren eigenen Gebieten leben könnten und daß sie dort Priorität hätten in der Auswahl der Beschäftigungsmöglichkeiten, die sich dort bieten können.

Im Laufe der letzten Jahre tauchten einige Samen auf, die heute einer künstlerischen Beschäftigung obliegen. Und es sind noch mehr auf diesem Weg. Es ist eine Notwendigkeit für sie – wir brauchen mehr Kräfte. Wir samischen Künstler fühlten eine Mauer vor uns. Wir waren unfähig, zu vermeiden, in sie hineinzurennen. Ein Künstler ist für Samen etwas Neues. So etwas löst immer Erstaunen, ja Befremden aus.

Samische Kunst wird immer mehr zu einer bemerkenswerten Erscheinung bei Nicht-Samen. Eine gute Sache stellte sich bei diesem Erstaunen ein: Jene Samen, die Kunst als Beschäftigung wählten, standen ernsthaften Prüfungen gegenüber – dem Absoluten. Das Beste dabei ist, daß der Druck diese Leute in eigenartiger Weise zu formen vermochte, so sehr, daß die Besonderheit die Grenzen zwischen den verschiedenen Kunstarten überbrückte. Außerdem sind die Mitglieder dieser Gruppe fast ohne Ausnahme sehr aktiv, indem sie spontan am Kulturkampf der Samen teilnehmen. Man geht nicht zu weit mit der Behauptung, daß die hier entstandene Gruppe auch im Zusammenhang mit der samischen Politik von großer Bedeutung ist.

Nicht-Samen haben zum Beispiel behauptet, daß Joik nicht Musik sei. Nach ihrer Meinung war Joik nichts, es war Heulen und Schreien, die Stimme des Teufels im Mann, das Heulen von Wölfen. Nun sind in der Einstellung zum Joik zweifellos einige wichtige Änderungen eingetreten – aber nur im Bewußtsein einiger.

Was das Verstehen betrifft, sieht es ziemlich trüb aus – wenigstens im Fall von Leuten, die in der westlichen Kultursphäre geboren wurden. Völkische Minderheiten haben im allgemeinen keine Schwierigkeiten dieser Natur, weil Joik – mit allen Funktionen, die er bei Samen erfüllt – beispielsweise auch in Venezuela und Brasilien gefunden wurde. Oder unter den Beduinen. Oder bei den Ainu.

Es ist verhältnismäßig leicht zu erklären, warum Leute Joik nicht verstehen. Es ist viel schwieriger – manchmal unmöglich –, Unterschiede, «Differenziertheiten» in anderen Kunstformen zu erklären. Aber der Unterschied ist deutlich, und eine Voraussetzung für das Verständnis ist das Wissen, daß die betreffende Kultur anders ist. Daß eine andere Sprache in anderer Weise denkt, in anderen sprachlichen Bildern mit einer andern Vorstellung von Schönheit. Obschon die finnische mit der samischen Sprache verwandt ist und der Aufbau der beiden Sprachen ähnlich genug erscheint, so daß man sich beispielsweise fähig fühlt, das gleiche Gedicht in beiden Sprachen zu schreiben, ist dies praktisch unmöglich, auch wenn man beide Sprachen gut spricht. In einer von diesen fehlt das Gefühl, oder es kann der Fall sein, daß man Gefühle nur mit negativen Dingen verbindet.

Dieser Unterschied in der Kulturphilosophie zeigt sich in allen Dingen und Bereichen. Schon nur, wie man beispielsweise über den Begriff Zeit denkt. Mit ihrer Rauheit und Weite weckt die arktische Landschaft bei allen, die dort leben können, das Gefühl, dankbar zu sein, daß sie überhaupt am Leben sind. Wenn einer eine Reise über 300 Meilen macht, ist dies ein Grund, dankbar zu sein, wenn er zur beabsichtigten Zeit am Ziel ankommt. Bei schlechtem Wetter kann eine Ankunft auf die Woche genau schon als ziemlich gut betrachtet werden. Solche Umstände und Bedingungen können nicht außer acht gelassen werden bei der Auswahl jener menschlichen Neigungen, die das Verstehen solcher Dinge ermöglichen. Man fühlt, daß Leute, die sich auf die Minute genau verabreden, aus einer völlig andern Welt stammen – sie haben Sekunden erfunden, ja bereits Hundertstel davon. Der Begriff von Zeit ist etwas, das sich unvermeidlich in der Kunst und im Rhythmus zeigen muß. Es ist bestimmt so, daß ein samischer Künstler aus dem gleichen Rohmaterial einen Film anders schnitte als ein Pariser. Es ist ebenso wichtig wie offensichtlich, daß das Pariser Publikum sich mit der «innern Zeit» der Pariser Fassung identifizieren würde, wie das samische Publikum mit der ‹Zeit› der samischen Version.

Dieser Unterschied zeigt sich auch in der Malerei in Form und Farbe, und hier ist er so augenfällig, daß ich fühle, es genügt zu sagen: «Schauen Sie selber.»

Wir samischen Künstler – jeder in seiner eigenen Sprache – sind mit unserer Kunst auch Vertreter einer andern Denkweise. In unserer Kunst sprechen wir eine andere Sprache – wir haben keine «Verwandte» in der westlichen Kulturwelt, auch nicht in der finnischen. Wenn es um die Sprache der

Kunst geht, finden wir unsere Verwandten bei völkischen Minderheiten der übrigen Welt.

Da die Sprache unserer Kunst so anders ist, kamen wir zur Erkenntnis, daß wir unsern eigenen Weg zu gehen haben, nach unserem eigenen, persönlichen System. Daraus ergab sich die Bildung von Vereinigungen, und dies zu allgemeinen Tätigkeiten, die die Organisation unserer Kunst betrifft. Nicht nur der Unterschied unserer Sprache führte uns dazu, es war die gewöhnliche Tatsache, daß, wenn wir uns nicht selber helfen, uns niemand helfen würde. Die Versuche zu organisieren entsprangen dem Wunsch, rein berufliche Bedürfnisse zu befriedigen; sie sind aber auch ein Teil der gegenwärtig starken nationalen Strömung der Samen.

Auch wenn wir nicht alle unsere Ziele erreichen, glauben wir doch, damit Arbeitsmöglichkeiten für 100 bis 150 Menschen zu schaffen. Und das in einem geographischen Gebiet, wo andere Beschäftigungsmöglichkeiten wegen des strengen Klimas unmöglich sind. Die erwähnte Anzahl ist gefühlsmäßig, aber zugleich realistisch. Das scheint vielleicht nicht viel, aber immerhin beträchtlich, besonders wenn man an die Größe der samischen Bevölkerung denkt.

Die Idee, die ich hier vertrete, ist nicht reine Phantasie. Ich könnte beispielsweise erwähnen, daß es in Jugoslawien einige Dörfer gibt, in denen jeder einzelne Einwohner Kunstschaffender ist und daß die Kunst der Eingeborenen und der amerikanischen Indianer berühmt und in der ganzen Welt gefragt ist.

Wenn man den reichen Hintergrund samischer Kultur betrachtet, weist alles auf die Möglichkeit hin, daß die genannte Zahl sich vervielfachen wird – sofern wir Gelegenheit bekommen, unsere ganze Kraft auf solche Weise einzusetzen. Diese Möglichkeit ist es wert, näher in Betracht gezogen zu werden, denn wir befinden uns hier, im Samenland, in einer biologisch empfindlichen Region, in der es keineswegs leicht ist, neue Beschäftigungen zu finden, auf einem Weg, der unserer Natur nicht Schaden zufügt. Und es ist unwahrscheinlich, daß samische Künstler Landschaften wie Berge zu Denkmälern umformen, durch Kahlschlag weite Wälder vernichten (sollten welche übrigbleiben), durch Dämme Seen schaffen oder Hügel ausebnen. So gesehen würde das Schaffen neuer Möglichkeiten für die samische Kunst nicht nur eine kulturelle, sondern auch – wenn man so will – eine sozial- oder beschäftigungspolitische Tat sein.

Darüber hinaus würde die Bedeutung einer solchen Aktion nicht bloß den persönlichen Lebensunterhalt einzelner samischer Künstler betreffen, sie könnte sogar von weltweiter Bedeutung sein.

Die Zukunft samischer Kunst – und diejenige der Samen – ist auch abhängig vom allgemeinen Zustand der Welt und was damit zusammenhängt. Ich denke hier an Hunger, Übervölkerung, Verschmutzung, Abfall, Vergiftung, Zerstörung. Alle diese Dinge hatten schon immer eine Bedeutung, aber sie bekommen in der Zukunft eine immer größere. Es kann sein, daß das, was einst als primitiv betrachtet wurde, zu etwas wird, das zu lernen für alle ungeheuer wichtig wird. In letzter Zeit hat sich die Lebensphilosophie völkischer Minderheiten neue Achtung verschafft, und deren geistige Kraft erscheint in einem neuen Licht. Dies hat natürlich für andere eine ebenso große Bedeutung, ist indessen für die Minderheiten besonders ermutigend und verspricht eine Blütezeit für sie.

Wir sind uns bewußt, daß im Leben Welle auf Welle folgt und in der Kunst eine Strömung die andere ablöst. Jede dieser Wogen kann sehr schnell eine Verbreitung erreichen, die nicht vergrößert werden kann. Aber aus dem einen oder andern Grund bildet die Kunst von völkischen Minderheiten – eine Sache, die diese Völker selbst nicht als Kunst betrachten und welche die westlichen Kulturen als primitive Kunst bezeichnen – mit einigem Recht eine Art Grund, eine eigenständige Kraft, die man untersuchen müßte. Die großen Namen in der Welt kommen auf sie zurück – um zu lernen. Motive zu finden, Wahrheit oder Leben, und daraus große Kunst zu schaffen.

Es wäre vielleicht wundervoll, wenn einer unserer Künstler malen könnte wie ein Pariser Maler. Aber welchem Zweck würde das dienen? Zahllose Künstler stellen die ganze Zeit ihre Staffeleien an der Seine auf, und Scharen von ihnen sind oder waren bedeutend.

Aber warum dorthin gehen und malen wie alle andern?

Besonders, wenn die Welt voll ist von diesen andern?

Weil keiner von ihnen malen kann wie ein Same.

Wenn wir die tägliche Arbeit unserer Landsleute betrachten – zum Beispiel eine einfache handwerkliche Arbeit –, ist es unmöglich, daran zu zweifeln, daß Samen ihre Botschaft nicht im Gebiet der sogenannten Kunst ausdrücken sollten. Die Sprache unserer Kunst ist anders. Und man kann diese Sprache weder in Paris lernen noch in Stockholm, Oslo oder Helsinki.

Kunst ist in der samischen Gesellschaft etwas Neues, und wir anerkennen, daß es unsere Pflicht ist, sich dessen bewußt zu sein und auch unseres Platzes im Plan der Weltkultur. Und zu versuchen. Und zu wagen, Fehler zu machen.

Für das brauchen wir Leute mit dem gleichen Ausgangspunkt, den gleichen Lebensansichten, Menschen, die hier aufgewachsen sind, samische Lebensart eingeatmet und gekostet haben.

Ich möchte nochmals hervorheben, daß wir samischen Künstler ein Teil sind des samischen Kulturkampfes. Die Kunst ist zu einer Waffe im Kampf um die Rechte der Völker geworden. Ich befürchte, daß hier, in den aufgeklärten Ländern des Nordens, samische Kunst vieles in dieser Richtung versuchen und erreichen muß.

Je reicher die Kunst, desto reicher das Volk. Wir glauben, daß Samen ein Volk sind. Wir glauben, daß wir das Recht haben, als Volk zu existieren. Wir wünschen so zu leben, daß wir Ausländern frei in die Augen blicken können und ohne Scham fühlen, daß wir Samen sind mit Mut und Glauben an die Zukunft.

Die Vögel haben uns verlassen

Gedanken aus Juhani Lihtonens Lebenskreis

■■ Ich sehne mich nach Sommer und Winter

Dieser Frühling ist anders, obwohl er immer der gleiche ist. Der Schnee schmilzt plötzlich, und das Eis vergeht ohne Laut. Die Flußläufe steigen, überschwemmen zwar nur selten...

Hier singt man nicht mehr: «Aa, kleine Ente, kleiner Vogeljunge», obwohl da und dort ein Polarentenschwarm auffliegt. Das Lesen alter Begebenheiten vermag niemanden mehr zu erwärmen. Bleibt kaum mehr in Erinnerung.

Ein neuer Gedanke taucht auf: Wie geht es hier? Wem gehört dieses Land und wer darf sich hier Eigentum aneignen?

Hier gibt es zuviele, die sich darin teilen. Nirgends ist genug. Man schaut nicht mehr zum Himmel und werweißt, ob es Moorbeeren geben wird. Sondern man schätzt ab, wem sie gehören, oder ob sie zu Auswärtigen anderer Gegenden gehen.

Die Vögel fliegen, es gibt Moorbeeren, Fische schwimmen wie früher. Aber hier tut sich etwas. Niemand spricht davon, niemand fragt danach, aber man fühlt, daß hier etwas geschieht.

Die Sonne ist unter den Horizont gesunken, zu grell, in weißlichem Licht. Die Erde nackt und fahl – nicht grün – duftet nicht einmal mehr. Es ist Frühling, aber ich sehne mich diesmal nach Sommer und Winter.

Ist es so, daß wir heutzutage nur alte und überalterte Lebensvorbilder erhalten mit übergenug Ansichten und Äußerungen anderer Leben? Das Leben früher in der Kote, lange mühsame Umzüge. Nächtliche Wanderungen mit Rentieren in den Mainächten. Dies behagte uns, und dieses Leben lieben wir noch immer, wenn wir es aus der Nähe zu sehen bekommen.

Das in der heutigen Geldwirtschaft durch Motorenlärm veränderte Leben der Rentierhirten in Kleidern südlicher Bewohner entspricht immer weniger der alten Ordnung. Diese steht uns näher und doch zu weit weg, um die entstandenen beidseitigen Schwierigkeiten bewältigen zu können. Dies ist deshalb so schwierig, weil wir selber einen Teil davon verursachten.

Wir berichten oft nur über unser geliebtes Lappland und seine Bewohner, aber nie zuviel. Wir müssen uns hüten, über gewisse Dinge zu berichten, auch wenn wir gerne davon erzählen möchten.

■■ Das eigenartig befremdende Gefühl

Hier ist man sich daran gewöhnt, daß der Same wie ein Vogel lebt, heute hier, morgen anderswo. Ebenso an das eigenartig befremdende Gefühl, wenn wir zuletzt hören, daß der Rentierhirte seine Lebensstraße endgültig verlassen hat.

Dabei kommen mir Yrjö Kokos Worte aus seinem Buch ‹Die Straße der vier Winde› in den Sinn: ‹Lieber allmächtiger Gott, wenn sich auf meinem Lebensweg über ungezählte Moore mein hinter sandigen Hügeln verstecktes Schicksal erfüllt, dann schenke du meiner Seele eine Ruhestätte am Berghang eines Tunturi, in jener Freiheit, in jener Unendlichkeit, aus der dein Geist spricht.›

Und wenn die Dämmerung des tiefen Winters einbricht, der Reif seinen Mantel um die Welt legt, und das Licht nur noch den Kamm der Berge streift, dann schenke meiner Seele die weißen Flügel der Tunturieule.

Juhani Lihtonen

Nun aber, als ich es malte und auf dem besten Wege war es zu vollenden, erschien mir dieses Schneehuhn ein Wunder. So daß ich mich selber beinahe deswegen lobte. Als es Juhani dann über dem Schrank sah, wünschte er es zu kaufen. Ich sagte ihm, daß er es bekäme, daß mich indessen heute meine Hände zu sehr schmerzten, um es noch fertig zu machen. Aber nun steht die Sache so, daß ich es ihm nicht mehr geben kann. Wir kennen die Zukunft nicht, wissen nicht, was uns morgen wartet.

Lauri Pappila

■ ■ Unvollendet

Das Schneehuhn konnte nicht fertig werden.
Es flog fort,
weg von den Hügeln,
über die blauen Berge
weit über blinkende Moore.
Aber seine Seele lebt
im Schoß der Tunturi.
Dort ist gut sein
bei den Seinen.

Nach J. Lihtonens Tod – gesammelt von Heikki Kuosmanen im ‹Pohjolan Sanomat› vom 8. 10. 90.

Andreas Labba

Wir kommen und gehen wie die Vögel, nicht wie Schneehühner und Krähen, die hier bleiben, sondern wie Zugvögel, im Winter in den Süden, im Sommer in die Fjälls im Norden. Sie «besitzen» nichts, sie haben nur das, was sie mitnehmen können. So leben wir wie die Vögel.

Dieses Land, diese Art zu leben, macht unser Leben wertvoll und lebenswert, wie es schon für unsere Väter war. Mit wertvoll meine ich nicht arm und reich, aber die Sicherheit im Dienst einer Tradition zu stehen, die Freude, die bei meiner Arbeit wächst, wenn ich meine Kraft für etwas gebrauchen kann für etwas, das ich respektiere und verstehe, und der Mut, der sich meiner bemächtigt, wenn ich spüre, Meister meiner eigenen kleinen Welt zu sein.

Aus Lihtonen: Arktinen Rapporti 4

Samische Sprichwörter

Reisen ist besser als ruhen.

Stille Wasser sind schlammig.

Das eine Jahr ist nicht des andern Bruder.

Neun Weise können keinem Narren den Mund stopfen.

Ein böser Feind ist besser als ein guter Unbekannter.

Der Tag ist nur so lang bis die Nacht kommt.

Trauer und Freude sind die größten Geschenke im Leben des Menschen. Wenn du fühlst, daß sie dir ans Herz greifen, bist du glücklich.

Die Autorinnen und Autoren

Louise Bäckman ist eine samische Forscherin in Schweden
Jorma Etto, * 1931 in Rovaniemi, lebt in Vihti
Ánte Mihkkala (Ante Mikkel Gaup) ist Lehrer in Kautokeino, Norwegen
H. Aslak Guttorm, * 1907, Volksschullehrer, lebt in Utsjoki
Veikko Haakana, * 1923 in Parikkala, lebt in Sodankylä
Eeva Heikkilä, * 1921 in Haapajärvi, lebt in Salla
Nils Nilsson Hotti, * 1905
Pedar Jalvi, 1888–1916, * in Utsjoki, war der erste samische Dichter in Finnland
Eino Johannes, 1910–1940
Uuno Kailas, 1901–1933
Mikko Kilpi, * 1928 in Sippola
Vilho Koljonen, * 1911, lebt seit dem zweiten Weltkrieg in Särkijärvi bei Muonio
Mattias Kuoljok lebte im 17. Jahrhundert
Andreas Labba, 1907–1970, schwedischer Same
Kalevi Lappalainen, * 1940 in Luninga
Eino Leino, 1878–1926, galt als größter Lyriker Finnlands
Rakel Liehu, * 1939 in Nivala, lebt in Helsinki
Juhani Lihtonen, 1932–1990, war als Jurist in Enontekiö tätig, dann während 25 Jahren als Lappland-Redaktor beim Finnischen Rundfunk. Er war ein großer Freund der Samen und ein ausgezeichneter Kenner ihrer Kultur.
Leena Morottaja, * 1935, übersetzte u.a. alte russische Dokumente, lebt in Vehkalahti
Hilja Mörsäri, * 1932 in Karunki, lebt in Kuusamo
Timo K. Mukka, 1944–1973, * in Pello
Kirsti Paltto, * 1947, lebt in Utsjoki
Lauri Pappila, * 1925, Landwirt und Kunsthandwerker, lebt in Markkina bei Karesuanto
Mari Boine Persen, * 1956 in Torviniemi, lebt in Indre Billefjord Karasjok

Niilo Rauhala, * 1936 in Kittilä, lebt in Kemi
Aku-Kimmo Ripatti, * 1931 in Porvoo, lebt in Oulu
Pekka Sairanen, * 1948 in Mäntyharju, lebt in Kajaani
Helinä Siikala, * 1943 in Suomussalmi, Ärztin in Kemi und Tampere
Olaus Sirma, 1660–1719, * in Sodankylä, Pfarrer in Enontekiö
V.E. Törmänen, 1886–1967
Paulus Utsi, 1918–1975, * in Karesuando, lebte in Jokkmokk, Schweden
Nils-Aslak Valkeapää, * 1943 in Palojoensuu, ist Musiker, Dichter, Maler, lebt in Enontekiö, Pättikkä
Einari Vuorela, 1889–1972
Caj Westerberg, * 1946 in Porvoo

Quellenangaben

Die Texte wurden, wenn nicht anders vermerkt, von H.U. Schwaar aus dem Finnischen übersetzt.

Harald Grundström, Lapska Sänger 1, 2, Lundequistka Bokhandeln Uppsala 1958, 1963

Vilho Koljonen, Laulava teini, Ottava 1944, Helsinki

Eliel Lagercrantz, Lappische Volksdichtung 1–7, Suomalais-Ugrilaisen Seuran Toimituksia, 1957–1966, Helsinki

‹*Lapin Kansa*›, Rovaniemi, 8. Oktober 1990

Ánte Mihkkala, Luotheramit, Davvi Media O/S, Kárásjohka

Asbjørn Nesheim, Über die Lappen und ihre Kultur, Tanum-Norli, Oslo

Erno Paasilinna, Lapin runot, WSOY, Porvoo 1979

Pohjoismainen kieli – ja tiedotuskeskus, Sápmi, Saamenmaa, Sameland, Helsinki

Israel Ruong, Die Samen, Aitte, svensktfjäll och samemuseum, Jokkmokk

Nils-Aslak Valkeapää

- Kevään yöt niin valoisat, Vaasa Oy, Vaasa 1980
- in ‹Charta 79›, Oslo 1, Grensen 8
- Sápmi, vuoi Sápmi! (1 und 2), Indigenous Records Oy, Helsinki
- Sápmi Loddazán, Indigenous Records Oy, Helsinki
- in ‹Tulia Taivaalla›, Paroni Paakunainen, Helsinki
- Luonnonkaunis Suomi, 1977 Oy Valitut Palat
- Ich bin des windigen Berges Kind, Lieder und Texte aus Lappland, Verlag Im Waldgut 1985. Vergriffen. Sämtliche Gedichte und Zeichnungen sind hier integriert worden.